Bianca™

Sarah Morgan
Una noche sin retorno

HARLEQUIN™

Editado por HARLEQUIN IBÉRICA, S.A.
Núñez de Balboa, 56
28001 Madrid

© 2012 Sarah Morgan. Todos los derechos reservados.
UNA NOCHE SIN RETORNO, N.º 2219 - 27.3.13
Título original: A Night of No Return
Publicada originalmente por Mills & Boon®, Ltd., Londres.

I.S.B.N.: 978-84-687-2414-0
Depósito legal: M-42112-2012
Editor responsable: Luis Pugni
Fotomecánica: M.T. Color & Diseño, S.L. Las Rozas (Madrid)
Impresión en Black print CPI (Barcelona)
Fecha impresion para Argentina: 23.9.13
Distribuidor exclusivo para España: LOGISTA
Distribuidor para México: CODIPLYRSA
Distribuidores para Argentina: interior, BERTRAN, S.A.C. Vélez
Sársfield, 1950. Cap. Fed./ Buenos Aires y Gran Buenos Aires,
VACCARO SÁNCHEZ y Cía, S.A.

Capítulo 1

ERA la noche del año que más temía.

Lo había intentado todo para escapar: fiestas salvajes, alcohol, mujeres, trabajo, pero había descubierto que daba igual lo que hiciera o con quién lo hiciera, el dolor era el mismo.

Había elegido vivir su vida en el presente, pero el pasado era parte de él y lo llevaba a todas partes. Era un recuerdo que no desaparecía, una herida que no curaba, un dolor profundo. No había manera de escapar, por eso necesitaba un sitio en el que estar solo y emborracharse.

Había ido de su oficina en Londres a la finca en Oxfordshire sencillamente por el privilegio de estar solo. Por una vez, su móvil estaba apagado y seguiría apagado.

La nieve caía sin cesar sobre el parabrisas y la visibilidad era prácticamente nula. A cada lado de la carretera se acumulaban montones de nieve, una trampa para los conductores nerviosos o inexpertos.

Lucas Jackson no era nervioso o inexperto, pero estaba de un humor de perros.

El aullido del viento sonaba como el alarido de un niño y tuvo que apretar los dientes, intentando bloquearlo.

Nunca había sentido tal alegría al ver los leones de

piedra que guardaban la entrada de la finca. A pesar del mal tiempo, apenas levantó el pie del acelerador mientras tomaba el camino flanqueado por árboles.

Pasó frente al lago, helado en aquel momento y convertido en una pista de patinaje para los patos, y luego cruzó el puente sobre el río que señalaba la llegada al castillo Chigworth.

Esperó sentir una oleada de satisfacción al pensar que era de su propiedad, pero como siempre no sentía nada. No debería sorprenderlo porque había aceptado tiempo atrás que no era capaz de sentir como sentían los demás. Había cerrado a cal y canto esa parte de sí mismo y no era capaz de volver a abrirla.

Lo que sí experimentó al mirar el magnífico edificio fue admiración por algo que satisfacía al matemático y arquitecto que había en él. Las dimensiones de la estructura eran perfectas, el labrado de la piedra creando una impresión imponente y estéticamente agradable, con unas torres que habían atraído el interés de historiadores de todo el mundo.

Saber que estaba preservando una parte de la historia lo hacía experimentar cierta satisfacción profesional, pero en cuanto al resto, el lado emocional, no sentía nada.

Quien hubiera dicho que la venganza era un plato que se servía frío estaba equivocado.

Él la había probado y no sabía a nada.

Y esa noche no le interesaba el significado histórico del castillo, solo su aislamiento. Estaba a varios kilómetros de cualquier sitio habitado y eso era lo que quería. Lo último que necesitaba esa noche era contacto humano.

Había luz en las habitaciones del piso de arriba y

Lucas frunció el ceño porque le había dado instrucciones a todo el personal para que se tomaran la noche libre. No estaba de humor para tener compañía.

Cruzó el puente sobre el foso y pasó bajo el arco que daba al patio de entrada, los neumáticos enviando nieve por el aire.

Se le ocurrió entonces que si no hubiera salido temprano de la oficina no habría podido llegar. Sus empleados podrían haber limpiado el camino que llevaba al castillo, pero para llegar hasta él había que atravesar varias carreteras comarcales a las que aún no habrían llegado las palas quitanieves.

Pensó entonces en Emma, su leal ayudante, que se había quedado hasta tarde en la oficina para ayudarlo a preparar su próximo viaje a Zubran, un país del Golfo Pérsico rico en petróleo. Afortunadamente, ella vivía en Londres y solo tenía que tomar el metro.

Lucas recorrió los metros que lo separaban de la puerta y entró en el oscuro vestíbulo. No había ama de llaves que le diese la bienvenida, ningún empleado. Solo él...

Las luces se encendieron de repente.

–¡Sorpresa! –escuchó un coro de voces.

Cegado temporalmente, Lucas se quedó inmóvil, atónito.

–¡Feliz cumpleaños... para mí! –Tara se acercó, moviendo las caderas–. Sé que prometiste darme mi regalo el próximo fin de semana, pero no podía esperar. Lo quiero ahora.

Lucas miró los famosos ojos azules y no sintió nada.

–¿Qué estáis haciendo aquí?

–Celebrando mi cumpleaños –respondió Tara, haciendo un puchero–. Te negaste a ir a mi fiesta, así que decidí traerla aquí.

–¿Cómo habéis entrado?

–Tu ama de llaves nos abrió antes de irse. ¿Por qué no me habías invitado antes? Me encanta este sitio, es como un decorado de cine.

Lucas miró alrededor. El vestíbulo, con sus magníficos cuadros y tapices, había sido decorado con globos, serpentinas y hasta una tarta de cumpleaños. Las botellas de champán sobre una antigua consola parecían reírse de él.

Su primer pensamiento fue que tendría que despedir al ama de llaves, pero entonces recordó lo persuasiva que podía ser Tara Flynn cuando quería algo. Era una maestra manipulando a los demás y sabía que la enfadaba no poder manipularlo a él.

–Hoy no es un buen día para mí, Tara. Ya te lo dije.

Ella se encogió de hombros.

–No sé qué te pasa, pero tienes que animarte. Venga, te olvidarás de todo en cuanto hayas tomado una copa. Bailaremos un rato y luego subiremos a tu habitación...

–Marchaos –la interrumpió Lucas.

Los amigos de Tara, gente a la que no conocía y a la que no quería conocer, se miraron sorprendidos.

La única persona que no parecía afectada era la propia Tara, que no tenía un ego particularmente frágil.

–No digas tonterías. Es una fiesta sorpresa.

Una sorpresa que Lucas no agradecía. Solo Tara podría organizar una fiesta sorpresa para celebrar su propio cumpleaños.

–Márchate y llévate de aquí a tus amigos.

La expresión de la modelo se endureció.

–Hemos venido en un autocar alquilado que no volverá hasta la una.

–¿No has mirado por la ventana? Están cortando las carreteras por la nevada, así que no vendrá ningún autocar a la una. Llama y di que vengan a buscaros en quince minutos o tendréis que quedaros a dormir aquí. Y te aseguro que no lo pasaríais bien.

Tal vez fue su tono, tal vez que miraba de unos a otros con gesto airado, pero por fin parecieron entender que hablaba en serio.

El hermoso rostro de Tara, el rostro que había aparecido en docena de revistas, se volvió rojo de humillación y furia. Sus ojos de gata brillaban, pero lo que vio en los suyos debió asustarla porque palideció de repente.

–Muy bien –murmuró–. Nos iremos a otro sitio y te dejaremos solo. Ahora entiendo por qué tus relaciones no duran nada. El dinero, el cerebro y cierta habilidad en la cama no pueden compensar que no tengas corazón, Lucas Jackson.

Él podría haberle dicho la verdad: que su corazón había sido irreparablemente herido. Podría haberle dicho que la frase: «el tiempo lo cura todo» era falsa y él era la prueba viviente. Podría haber descrito el alivio que sentía al saber que tal vez no curaría nunca porque un corazón roto no podía volver a romperse.

Había algo latiendo dentro de su pecho, cierto, pero lo único que hacía era llevar la sangre de un lado a otro, permitiendo que se levantase de la cama cada mañana para ir a trabajar.

Podría haberle contado todo eso, pero no habría servido de nada, de modo que se dirigió a la escalera de caoba.

Esa noche, las proporciones y el diseño de la majestuosa escalera no le daban ninguna satisfacción. Solo era un medio para escapar de la gente que había invadido su santuario.

Sin esperar que se marchasen, empezó a subir los peldaños de dos en dos para llegar a su dormitorio, en la torre.

Le daba igual haber quedado como un ogro.

Le daba igual haber roto otra relación. Lo único que le importaba era que pasara esa noche. Era un hombre frío, un adicto al trabajo. Y no le importaba.

Impaciente, Emma intentaba concentrarse para no salirse de la carretera. Era viernes por la tarde y debería estar en casa, disfrutando con Jamie. En lugar de eso, estaba persiguiendo a su jefe por una carretera helada y después de una semana imposible eso era lo último que necesitaba. Ella tenía una vida o debería tenerla. Desafortunadamente, trabajaba con un hombre para quien no existía el concepto de una vida fuera del trabajo.

Lucas Jackson no parecía entender que sus empleados tenían otras cosas que hacer y no servía de nada hablarle de sentimientos porque carecía de ellos.

Sus vidas eran tan diferentes que a veces, cuando llegaba al magnífico edificio de cristal donde estaba el gabinete arquitectónico de Jackson y Asociados, sentía como si estuviera entrando en otro planeta. Era un edificio futurista, un tributo al diseño más contemporáneo y eficiente, construido para aprovechar la luz y la ventilación natural. Era un edificio que representaba la visión creativa y el genio de un hombre: Lucas Jackson.

Pero la visión creativa y el genio requerían concentración y determinación y esa combinación daba como resultado un hombre muy difícil. Más una máquina que un ser humano, pensó, mientras guiñaba los ojos para concentrarse en la nevada carretera y no acabar en un terraplén.

Cuando empezó a trabajar para él, dos años antes, no le había importado que nunca mantuvieran conversaciones personales. No quería ni esperaba eso cuando estaba trabajando y, además, lo único que no haría nunca era enamorarse de su jefe.

Pero sí se había enamorado del trabajo, estimulante e interesante. Y Lucas, a pesar de todo, era un buen jefe. Tenía mala fama, pero además de ser inteligente, creativo y profesional, le pagaba un salario generoso. Y le gustaba trabajar en el gabinete de arquitectura que había diseñado algunos de los edificios más famosos del Estado.

Sin duda, Lucas era un genio. Eso era lo positivo. Lo negativo, que el trabajo era lo único importante en su vida y, por lo tanto, debía serlo en la vida de la gente que trabajaba para él.

Como esa semana, por ejemplo. Los preparativos para la inauguración oficial del resort Zubran Ferrara, un hotel ecológico e innovador en las cálidas aguas del Golfo Pérsico, habían hecho que todos en el gabinete anduvieran de cabeza.

Ella había logrado permanecer despierta gracias a la cafeína y ni una vez se había quejado ni había dicho que a las dos de la mañana debería estar durmiendo y no en la oficina.

Lo único que la hacía seguir adelante era pensar en el viernes, el comienzo de sus vacaciones. Veía ese momento como veía la meta un corredor de maratón, como la luz al final del túnel.

Y entonces había empezado a nevar. Había nevado durante toda la semana y el viernes la ciudad estaba cubierta de nieve.

Emma había estado todo el día mirando por la ventana, viendo cómo otros empleados salían de la oficina para ir a sus casas. Como ayudante personal de Lucas, tenía autoridad para decirle a los demás empleados que podían irse, pero ella había tenido que permanecer allí.

Lucas no parecía haber notado la tormenta de nieve que transformaba Londres en una postal navideña. Cuando lo mencionó, él no había respondido siquiera. Pero cuando por fin pudo marcharse vio una carpeta sobre su escritorio... era la carpeta que había reunido para su viaje a Zubran e incluía documentos que necesitaban su firma.

Al principio, no podía creer que lo hubiera olvidado porque Lucas nunca olvidaba nada. Era la persona más eficiente que había conocido nunca y cuando por fin tuvo que admitir que, por una vez, su jefe había olvidado algo precisamente aquel viernes helado, se enfrentó con un dilema.

Había intentado ponerse en contacto con él por el móvil, pero lo tenía apagado. Intentó enviar un mensajero, pero ninguna empresa de mensajería quería aventurarse por carreteras comarcales con esa nevada y los documentos eran importantes.

Y por eso estaba allí, en una carretera cubierta de nieve y sin cruzarse con ningún otro coche, en dirección a la casa de campo de Lucas Jackson.

Emma guiñó los ojos para ver a través de la neblina

blanca. No le importaba trabajar muchas horas, pero su única regla era no hacerlo los fines de semana y, por alguna razón, tal vez sus buenas referencias, su carácter pausado y paciente o que las seis ayudantes anteriores a ella se hubieran despedido, Lucas Jackson había aceptado. Aunque hubiera hecho más de un cáustico comentario sobre su «loca vida social».

Si se hubiera molestado en preguntar sabría que ella no llevaba una «loca vida social» y que las únicas fiestas que conocía eran las que veía en las revistas o en televisión. Sabría que después de trabajar horas y horas en el gabinete, un fin de semana perfecto era levantarse tarde y pasar tiempo con Jamie. Lucas debería saber todo eso, pero no lo sabía porque nunca se había molestado en preguntar.

Emma miró la carpeta sobre el asiento, como si así pudiera teletransportarla hasta su propietario. Desgraciadamente, no había ninguna posibilidad y lo único que podía hacer era llevarla personalmente.

La inauguración del resort en Zubran era el evento más esperado del año y Emma había sentido cierta envidia mientras hablaba con Avery Scott, la propietaria de la empresa que iba a organizar el evento. Por lo que le había dicho, las celebridades invitadas disfrutarían de un gran banquete en una tienda beduina instalada al efecto, con bailarinas haciendo la danza del vientre, adivinos, cetreros...

Y la noche terminaría con los que prometían ser los fuegos artificiales más fabulosos vistos jamás.

Así era como Cenicienta debió sentirse cuando supo que no iría al baile, pensó.

Temblando de frío porque la calefacción de su coche no funcionaba como debería, levantó el cuello de su abrigo, imaginándose bajo el sol de Zubran, rodeada de palmeras...

En aquel momento, las mujeres en la lista de invitados estarían eligiendo qué meter en la maleta para aparecer guapísimas en las fiestas.

Emma se apartó el pelo de la cara con una mano enguantada. No tenía que mirarse al espejo para saber que ella no se parecía a esas mujeres y le daba igual. Lo único que quería era volver a su casa antes de medianoche. Si seguía nevando, Jamie y ella pasarían las vacaciones en casa.

Estaba haciendo lo posible para que el coche no patinase cuando sonó su móvil.

Pensó que por fin Lucas habría escuchado sus mensajes, pero no era su jefe sino Jamie, que la esperaba una hora antes.

–¿Dónde estás? –parecía preocupado y Emma se sintió desleal por desear estar en Zubran de fiesta.

–He salido tarde de la oficina. Lo siento, te he dejado un mensaje.

–¿Cuándo llegarás a casa?

–Puede que tarde un rato porque aún estoy en la carretera. Tengo que llevarle unos papeles a mi jefe, así que no me esperes levantado –Jamie no dijo nada y Emma supo que estaba enfadado–. Tenemos todo el fin de semana para estar juntos y luego toda la semana, pero esta noche tengo que trabajar. Ya sabes que normalmente no trabajo los fines de semana, pero es una emergencia. Lucas se ha dejado una carpeta importante en la oficina y tengo que llevársela.

Cuando cortó la comunicación, Emma maldijo a Lucas Jackson con palabrotas que no solía usar.

¿Por qué no se había acordado de la carpeta? ¿Y por qué tenía el móvil apagado?

Enfadada, intentó concentrarse en la carretera. Le dolían los ojos y lo único que quería era dormir y dormir.

Pero compensaría a Jamie de algún modo. Tenían más de una semana para estar juntos. Dos semanas enteras mientras su jefe estaba en Zubran, de fiesta bajo las estrellas del desierto. Y no sentía celos, para nada.

Se había perdido dos veces en aquel laberinto de carreteras comarcales, que todas parecían iguales, pero por fin encontró la entrada de la finca, con dos leones de piedra a cada lado de la verja. La finca era tan amistosa como su propietario, pensó, irónica.

Cuando por fin llegó al final de una interminable carretera privada rodeada de árboles, le dolía la cabeza y pensaba que se había equivocado de camino.

¿Dónde estaba la casa? ¿Una sola persona era propietaria de tantas hectáreas de tierra?

Los faros del coche iluminaron un puente y cuando tomó un recodo del camino, por fin la vio.

Pero no era una casa de campo sino un castillo. Un castillo de verdad, con un foso, que debía llevar siglos allí.

–Hasta tiene torres –murmuró, asombrada.

Estaban cubiertas de nieve, pero salía humo de una de las chimeneas y había luz en una de las torres, en la parte izquierda del edificio...

Emma estaba boquiabierta. No sabía que la casa de campo de Lucas fuera un castillo. Él, un arquitecto famoso por sus diseños contemporáneos, sin embargo, era propietario de una imponente fortaleza construida siglos atrás.

Mientras ella vivía en un apartamento en una de las peores zonas de Londres, con una ventana desde la que se veían las vías del tren y donde cada mañana la despertaban los aviones que aterrizaban en el aeropuerto de Heathrow.

No, la suya no era una idílica residencia, pero aquella sí debía serlo. Tanto espacio, pensó, sin poder evitar una punzada de envidia. Alrededor del castillo había un enorme jardín, en aquel momento cubierto de nieve, pero lo imaginó en primavera, lleno de flores. Debía ser precioso.

De repente, sus ojos se llenaron de lágrimas y se preguntó por qué. Tampoco era perfecto. Estaba completamente aislado y mientras atravesaba el puente sobre el foso sintió como si fuera la única persona en la Tierra.

En la entrada de carruajes vio el coche de Lucas, casi cubierto de nieve. De modo que estaba allí, con el móvil apagado.

¿Qué estaría haciendo?

Quitó la llave del contacto y se quedó inmóvil un momento, esperando que su corazón volviese a latir a un ritmo normal. Cuando por fin se recuperó, tomó la carpeta del asiento.

Dos minutos, se prometió a sí misma, mientras bajaba del coche. Dos minutos y volvería a la carretera.

Pero en cuanto salió del coche resbaló y cayó al suelo, golpeándose la cabeza. Se quedó inmóvil un momento y luego, furiosa y dolorida, se dirigió a la puerta, sus zapatos hundiéndose en la nieve.

Pulsó el timbre y dejó el dedo allí unos segundos, disfrutando de esa pequeña rebelión. Pero nadie respondió y la nieve seguía cayendo sobre su cabeza, colándose por el cuello del abrigo. Temblando de frío, volvió a pulsar el timbre, sorprendida de que nadie abriese la puerta. En un sitio tan grande debía haber montones de empleados. Además, Lucas era notoriamente intolerante con la ineficacia. Alguien iba a recibir una seria reprimenda.

Después de llamar al timbre por tercera vez, Emma empujó la puerta sin esperar que se abriera... pero se abrió. No sabía si debía entrar o no. Entrar en casa ajena sin invitación no era su costumbre, pero tenía que entregarle a Lucas esa carpeta.

–¿Hola? –Emma empujó la puerta, temiendo que saltase alguna alarma, pero no saltó y la empujó un poco más. Las paredes del vestíbulo estaban forradas de madera, con cuadros y enormes tapices, y una fabulosa escalera que parecía sacada de una película romántica–. ¿Hola? –repitió, cerrando la puerta para que no escapase el calor.

Pero entonces vio varias botellas de champán, globos, serpentinas. Y una tarta.

Debían estar celebrando una fiesta en algún sitio... pero no oía ruido alguno. Al contrario, el silencio era abrumador. Casi esperaba que alguien saliese de detrás de una cortina para darle un susto.

Pero no pasaba nada, se dijo. Solo era una casa. Una casa muy grande, sí, pero allí no había nada amenazador. Y no estaba sola porque la puerta estaba abierta. Lucas debía estar en algún sitio con un montón de gente.

Rezando para que ningún perro guardián se lanzase a su yugular, empujó una puerta de caoba. Tras ella había una biblioteca con estanterías llenas de libros forrados en piel...

–¿Lucas?

Tampoco estaba allí. Emma asomó la cabeza en todas las habitaciones del primer piso y después puso un pie en el primer peldaño de la escalera. Pero no podía buscarlo por toda la casa, era ridículo. Recordando la luz que había visto en una de las torres, decidió aventurarse por un pasillo alfombrado hasta llegar a otra pesada puerta de caoba.

–¿Lucas? –volvió a llamarlo, mientras daba unos golpecitos con los nudillos.

Pero tras la puerta no había una habitación sino una escalera de caracol y subió por ella hasta llegar a una habitación circular con ventanas en todas las paredes. La chimenea estaba encendida y por el rabillo del ojo vio una enorme cama con dosel cubierta por un edredón de color verde musgo. Pero su atención estaba concentrada en el sofá porque allí, tumbado con una botella de champán en la mano, estaba su jefe.

–¡He dicho que te vayas! –su tono furioso hizo que Emma diese un paso atrás. Jamás en los dos años que llevaba trabajando para él le había hablado de ese modo.

Era evidente que estaba borracho y resultaba tan raro verlo así que su primera reacción fue de sorpresa. Pero mientras ella había arriesgado su vida yendo allí, él estaba pasándolo bien. Había apagado el teléfono no porque estuviera trabajando sino porque tenía intención de emborracharse. Y, además, tenía la cara de decirle que se fuera.

Ella era una persona paciente, pero la situación empezaba a sacarla de quicio. Estaba a punto de tirarle la carpeta a la cara cuando recordó su frase de bienvenida: «he dicho que te vayas».

De modo que no hablaba con ella. Recordó entonces los globos y la tarta abandonados en el vestíbulo...

–Lucas, soy yo, Emma.

Él abrió los ojos y en ellos vio un brillo de furia.

Nunca lo había visto así. El hombre al que ella conocía era una persona elegante y bien educada que llevaba trajes de chaqueta italianos y camisas hechas a medida. Un hombre que esperaba siempre lo mejor de sí mismo y de los demás, un sofisticado conocedor de las cosas hermosas de la vida.

Pero en aquel momento parecía... peligroso. Llevaba la camisa parcialmente desabrochada, dejando al descubierto una mata de vello oscuro, y no se había afeitado. Parecía furioso y Emma reaccionó como si se viera enfrentada con un rottweiler a punto de saltarle al cuello.

–Soy yo –le dijo, intentando calmarse–. Emma.

El silencio se alargó durante tanto tiempo que pensó que Lucas no iba a responder.

–¿Emma? –repitió por fin.

Le temblaban las manos, pero era absurdo. Había trabajado con él durante dos años y era un jefe exigente, pero nunca había sido amenazador o violento.

–Llevo horas llamándote. ¿Por qué has apagado el móvil?

–¿Quién te ha dejado entrar?

–Nadie. La puerta estaba abierta...

–Dime una cosa, Caperucita, ¿tienes por costumbre atravesar el bosque cuando el lobo anda suelto?

Los ojos azules se clavaron en los suyos y, sintiendo que se ahogaba, Emma levantó una mano para soltar el pañuelo que llevaba al cuello. Tal vez era por su tono, tal vez por el brillo de sus ojos, pero su corazón latía como loco.

–He llamado al timbre, pero no ha respondido nadie.

–Pero has entrado de todas formas.

–Si hubieras contestado al teléfono no habría tenido que venir hasta aquí.

–He apagado el móvil y no he respondido al timbre porque no quiero ver a nadie –replicó Lucas.

Esa fue la gota que colmó el vaso.

–¿Crees que he recorrido unas carreteras cubiertas de nieve solo para verte? He venido aquí, en lugar de irme a mi casa, para traer una carpeta que te habías dejado en el despacho, una carpeta que necesitas para mañana.

–¿Mañana? –murmuró él, como si no entendiera.

–Sí, mañana –repitió Emma, exasperada–. Son los papeles para la reunión con Ferrara. ¿Te suena? –le espetó, dejando la carpeta sobre una mesa–. Bueno, aquí te la dejo. Ya me darás las gracias cuando estés sobrio.

Lucas dejó la botella de champán en el suelo.

–¿Has venido hasta aquí para traerme la carpeta?

–La necesitas y ninguna empresa de mensajería quería venir hasta aquí con esta nevada.

–Podrías habérsela dado a Jim.

Jim era su chófer.

–Jim se ha ido a Dublín a pasar las navidades.

¿Por qué no recordaba eso? ¿Qué le pasaba?

–Así que has decidido traérmela personalmente –Lucas la miraba de arriba abajo, como si estuviera viéndola por primera vez.

–Y ya que el gesto no es agradecido, empiezo a desear no haberlo hecho.

–Tienes... sangre en la frente y el pelo mojado. ¿Qué te ha pasado?

Emma sacó un pañuelo del bolso. ¿Tenía sangre?

—Resbalé cuando bajaba del coche —respondió. Mientras restañaba la sangre, se le ocurrió pensar que estaban solos en el castillo. Estaba a solas con él en la oficina muchas veces, pero la situación era completamente diferente—. Me marcho, te dejo con tu fiesta —dijo luego, preguntándose dónde estarían los invitados.

—Ah, sí, mi fiesta —Lucas soltó una amarga carcajada—. Vete, Emma. Alguien como tú no debería estar aquí.

Ella estaba a punto de darse la vuelta, pero sus palabras la detuvieron.

—¿Alguien como yo? Imagino que quieres decir alguien que no pertenece a tu círculo social.

—No quería decir eso, pero da igual.

—No da igual. He arriesgado el cuello para venir a traerte una carpeta que tú ni siquiera recordabas necesitar y unas palabras de agradecimiento serían lo más apropiado. No olvides tus buenos modales.

—Yo no tengo buenos modales. Ni siquiera soy bueno —replicó él, con un tono amargo que la sorprendió.

—Lucas...

—Vete de aquí, Emma. Vete y cierra la maldita puerta.

Capítulo 2

¿CÓMO podía ser tan desagradecido, tan grosero...?
Emma bajó la escalera echando humo por las orejas.

«Vete de aquí, Emma».

Esas palabras se repetían en su cabeza, haciendo que caminase a toda velocidad.

Pues muy bien, se iba y cuanto antes mejor.

Se consolaba a sí misma pensando que al menos ella tenía la conciencia tranquila. Había ido hasta allí para llevarle la carpeta, de modo que nadie podría acusarla de no ser profesional. A partir de aquel momento, y en cuanto llegase a casa, disfrutaría de sus vacaciones. Lucas había dejado bien claro que su vida personal era asunto suyo y le parecía muy bien.

Sus pasos hacían eco en el magnífico vestíbulo, pero no había ni rastro de los invitados y se preguntó si la fiesta habría terminado.

«¡He dicho que te vayas!».

¿A quién le habría dicho eso?

Pensando que los malos modos de su jefe no eran asunto suyo, Emma abrió la puerta y dio un paso atrás al notar el frío. En los pocos minutos que había estado allí, había nevado con tal fuerza que sus pisadas habían sido borradas.

Le dolía la cabeza del golpe, pero se acercó al coche para apartar la nieve del parabrisas. Si había nevado tanto en esos minutos, el puente que había cruzado para llegar allí estaría cubierto de nieve y las carreteras...

Estaba a punto de colocarse tras el volante cuando la nieve que se había acumulado sobre el capó del coche la hizo pensar en la tarta. Y al pensar en la tarta se dio cuenta de que nadie la había tocado. Estaba entera.

«He dicho que te vayas».

No era asunto suyo, pensó, mientras giraba la llave de contacto. Tal vez no le gustaban los dulces, tal vez...

—¡Maldita sea! —Emma apagó el motor y apoyó la cabeza en el respaldo del asiento.

Lucas le había dicho que se fuera y si tuviese un poco de sentido común, eso haría. Lentamente, volvió la cabeza para mirar la puerta.

Había dicho que quería estar solo y eso era lo que debería hacer: dejarlo solo. Los problemas de Lucas Jackson no eran asunto suyo.

Lucas miraba fijamente las llamas de la chimenea. Estaba borracho, pero no tanto como le gustaría porque el dolor era tan profundo como siempre. Era como estar tumbado sobre los dientes de una sierra y nada de lo que hiciera podría calmarlo.

Se levantó del sofá para acercarse a la cesta donde guardaba los troncos para la chimenea y sacó uno.

—No deberías hacer eso. Si no tienes cuidado, quemarás el castillo —la voz femenina llegaba desde la puerta y Lucas se preguntó si estaría alucinando.

Emma estaba allí, otra vez. Tenía las mejillas rojas del frío, el pelo cubierto de nieve. No sabía si en sus ojos había un brillo de desafío o de furia, pero era evidente que no estaba de buen humor.

–Te he dicho...

–Sí, ya sé lo que me has dicho –lo interrumpió ella–. Y de manera muy grosera, además. Si es así como le hablas a todo el mundo, no me extrañaría nada que te quedases completamente solo.

–Eso es lo que quiero, estar solo –replicó Lucas–. Pensaba haberlo dejado bien claro.

–Y así es.

–¿Entonces qué haces aquí?

–Metiendo las narices en tus asuntos por razones egoístas –respondió Emma mientras se quitaba los guantes–. Estoy a punto de empezar mis vacaciones y no quiero pasarlas preocupándome de que te hayas roto la cabeza en plena borrachera.

–¿Por qué te molestaría eso?

–Porque no quiero quedarme sin empleo.

–No te preocupes, no voy a romperme la cabeza. Aún no estoy tan borracho.

–Por eso no puedo marcharme. Cuando dejes de emborracharte podré irme tranquila. Mientras tanto, no quiero tener tu muerte sobre mi conciencia.

–No voy a matarme, así que puedes irte con la conciencia tranquila. Y si tienes un poco de sentido común lo harás ahora mismo.

–No me iré hasta que me expliques por qué parece como si hubiera habido una fiesta en el piso de abajo, pero tú estás aquí solo.

–A pesar de que *eso* es lo que quiero, no estoy solo. Tú estás aquí y, francamente, no entiendo por qué. Si te respetases a ti misma deberías darme un puñetazo y presentar tu renuncia.

–Eso solo pasa en las películas –replicó Emma–. En la vida real nadie puede permitirse el lujo de dejar un trabajo y solo un millonario podría sugerir algo así –temblando, Emma desabrochó su abrigo y se acercó a la chimenea–. Y el respeto significa cosas diferentes para cada persona. Reaccionar dramáticamente no es mi estilo, pero si dejase solo a alguien que tiene problemas no podría respetarme a mí misma.

–Emma...

–Y aunque es cierto que te faltan ciertas características humanas, como una conciencia, sueles ser un jefe razonable, de modo que sería una estupidez por mi parte presentar la renuncia. En cuanto a darte un puñetazo, yo no he pegado a nadie en mi vida. Además, tengo las manos heladas y no podría hacerlo –Emma flexionó los dedos mientras Lucas la miraba con gesto exasperado.

Aparentemente, el dinero y el éxito no podían comprarlo todo.

–¿Te gusta tu trabajo? –le preguntó él–. En ese caso, voy a darte una orden directa: márchate o estás despedida.

–No puedes despedirme. Sería un despido injustificado y, además, ahora mismo no estamos trabajando. Lo que haga con mi tiempo libre es asunto mío, no estamos en la oficina.

–Nunca trabajas los fines de semana, ¿por qué has decidido trabajar precisamente este viernes? –replico él–. Imagino que tendrás algún sitio al que ir. ¿Qué pasa con tu emocionante vida social? ¿Por qué no te vas a casa con Jamie?

Emma lo miró, sorprendida.

–¿Cómo sabes lo de Jamie?

–Te he oído hablar con él por teléfono.

–Pues no te preocupes, me iré a casa en cuanto me haya asegurado de que estás bien.

–Estoy bien, ¿no lo ves?

–No tienes que hablar entre dientes y, además, no lo veo. Sé que no tienes costumbre de beber y que aquí está pasando algo raro. ¿Por qué nadie ha cortado la tarta?

–¿Perdona?

–La tarta que hay abajo. Nadie se ha molestado en cortarla –le explicó Emma–. Y saliste de la oficina unos minutos antes que yo, así que no ha habido tiempo para organizar una fiesta... ah, ya lo entiendo, era una fiesta sorpresa y les has dicho que se fueran.

–No todas las sorpresas son buenas. Y ahora que lo sabes todo, ya puedes marcharte –dijo Lucas, sarcástico.

–Imagino que serían Tara y sus amigos –su expresión dejaba bien clara cuál era su opinión sobre la mimada modelo–. No debería haberte dejado solo.

–Yo le pedí que se marchase.

–Pues no debería haberte hecho caso. ¿Cuál era la ocasión?

–Su cumpleaños.

Lucas vio que entreabría los labios. Unos labios suaves, sin carmín. Llevaba la misma falda gris que había llevado a la oficina ese día, con una camisa blanca y un jersey marrón bajo un abrigo empapado. Tenía un aspecto sencillo, sobrio, pero Emma siempre vestía de ese modo. Con el pelo siempre bien recogido, apartado de la cara con un prendedor para que no la molestase mientras trabajaba.

–¿Tara ha organizado una fiesta sorpresa en tu casa para celebrar su cumpleaños?

–Ya le había dicho que esta no era una buena noche para mí, pero Tara no acepta una negativa.

–¿Por qué?

Lucas hizo un gesto de impaciencia.

–Porque es una mujer, supongo.

–Quiero decir por qué no es una buena noche para ti. Por qué insistes en estar solo y por qué quieres emborracharte. ¿Es algo relacionado con el trabajo? ¿Tiene que ver con la inauguración del resort en Zubran?

–¿Por qué crees que tiene algo que ver con el trabajo?

–Porque es lo único que te importa –respondió Emma.

Lucas la miró en silencio durante unos segundos y luego se volvió para echar el tronco en la chimenea.

Era lógico que Emma pensara eso, pero no tenía ni idea.

Y era mejor así. Lo último que quería era compasión.

–No deberías estar aquí.

–Pero estoy aquí y tal vez podría ayudarte.

Lo miraba directamente a los ojos, sincera, directa. Una mujer con un corazón inocente que no parecía saber lo falso y cruel que podía ser el mundo.

Lucas siempre evitaba a las mujeres como ella porque no había sitio en su vida para la inocencia.

–No puedes ayudarme –le dijo.

Su relación había sido siempre estrictamente profesional. Para él, los negocios y el placer no se mezclaban nunca y pensaba que Emma era de la misma opinión.

–¿Estás disgustado con Tara? ¿Es eso? En estos dos años nunca has tenido una relación seria con ninguna mujer y había llegado a la conclusión de que no son más que un accesorio para ti... como unos gemelos, te pones unos diferentes para cada ocasión.

Era un comentario tan perceptivo que si no estuviera de tan mal humor Lucas se habría reído. Pero solo quería que lo dejara solo y si no lo hacía de buen grado tendría que emplear métodos más expeditivos.

–Tal vez sea así o tal vez no me conoces en absoluto –le dijo, dando un paso adelante.

–No me intimidas –le advirtió Emma–. Estoy intentando ayudarte.

–Y yo no quiero tu ayuda. Ni la tuya ni la de nadie –replicó él.

Diciéndose a sí mismo que estaba haciéndole un favor, Lucas puso una mano en la pared, al lado de su cara. Solo se oía el crepitar de los leños y su jadeante respiración. La luz de la luna se colaba por la ventana y su pelo olía a flores, a humo y a nieve.

Entonces experimentó algo, una respuesta primitiva, poderosa y totalmente inapropiada.

Los ojos de Emma estaban clavados en él. Parecía sorprendida, atónita incluso. Y era lógico. También él estaba sorprendido por la oleada de deseo y por el férreo control que debía ejercer sobre sí mismo para no hacer lo que deseaba hacer.

En unos segundos, la naturaleza de su relación había cambiado por completo. Allí, fuera de la oficina, las barreras se habían derrumbado.

No eran jefe y empleada sino hombre y mujer.

No había esperado eso y no lo quería. Ni esa noche ni con aquella mujer. Era el champán, pensó, maldiciéndolo. No solo porque hubiera una línea que no cruzaba nunca con una empleada sino porque lo que él tenía que ofrecer no era lo que Emma quería.

No confiaba en sí mismo teniéndola tan cerca y estaba a punto de dar un paso atrás cuando ella se adelantó.

–Te dejo hasta que se te pase.

Intentaba disimular, pero Lucas había notado un temblor en su voz. Estaba inquieta, tal vez incluso la había asustado un poco y esa era su intención, ¿no? Quería que se fuera.

Entonces, ¿por qué en esos segundos, mientras se dirigía a la puerta, estaba notando cosas que no había notado antes? Como por ejemplo que su pelo era del mismo tono castaño que las paredes de caoba. Se preguntó entonces por Jamie, el hombre con el que vivía...

Lo único que sabía era que estaba con él desde que empezó a trabajar en el gabinete dos años antes y eso confirmaba lo que sabía de ella: Emma creía en el amor.

Y pensando eso, alargó la mano para tomar la botella de champán.

Por segunda vez esa noche, Emma bajó al vestíbulo. La diferencia era que en aquella ocasión temblaba de arriba abajo.

Desde el día que empezó a trabajar para él había intentado no pensar en Lucas Jackson como un hombre. Era su jefe, el hombre que pagaba su salario. Por supuesto, se había dado cuenta de lo atractivo que era y del éxito que tenía con las mujeres. Al fin y al cabo, era ella quien le pasaba las llamadas, y le pasaba muchas, pero nunca se había dejado afectar por él. Era un poco como admirar un cuadro de lejos, algo que nunca sería suyo.

Y entonces, de repente, había aparecido una oleada de deseo que no quería sentir.

Ella era feliz haciendo su trabajo y volviendo a casa con Jamie y no quería poner eso en peligro. No podía permitírselo. Especialmente, cuando se trataba de un ser humano tan egoísta y grosero como Lucas Jackson.

Un cuerpazo y un gran cerebro no compensaban sus defectos. No le importaba nadie y eso era muy poco atractivo. Además, el incidente en la torre había sido provocado por la bebida, nada más. Estaba intentando amedrentarla y lo había conseguido.

Pero no pensaba marcharse. De ningún modo iba a dejarlo solo en ese estado.

Intentando olvidar cómo lo había mirado, Emma llegó al final de la escalera. La fiesta sorpresa lo había disgustado o tal vez ya estaba disgustado cuando llegó al castillo. En cualquier caso, era la primera vez que lo veía borracho.

Pero mientras quitaba los globos y las serpentinas recordó algo... no era la primera vez que lo veía borracho sino la segunda. La primera vez fue el año anterior y también había nevado, así que debía ser la misma época del año.

Se había quedado en la oficina hasta muy tarde pensando que estaba sola, pero cuando pasó frente al despacho de Lucas lo vio allí, tirado en el sofá, con una botella de whisky vacía a su lado.

Estaba dormido y había decidido no despertarlo,

pero lo tapó con una manta y asomó la cabeza un par de veces en el despacho mientras seguía con su trabajo.

Probablemente él no sabía quién lo había hecho, pero ninguno de los dos volvió a mencionar el incidente.

Había sido en esa misma época del año, pensó entonces. Tal vez incluso el mismo día. Lo recordaba porque todos los años tomaba vacaciones la misma semana.

¿Era una coincidencia que volviese a estar borracho? Sí, probablemente. Diciembre era una época del año en la que siempre había mucho trabajo y todo el mundo tenía derecho a divertirse durante las vacaciones, incluso Lucas.

Emma apretó los dientes, pensando que no era asunto suyo. ¿Pero era una coincidencia que decidiera beber hasta caer borracho la misma noche que el año anterior? Y si no era una coincidencia, ¿por qué un hombre que nunca olvidaba nada habría olvidado unos documentos tan importantes?

Después de retirar las serpentinas pinchó los globos y los tiró a una papelera. Solo quedaba la tarta y las copas vacías.

Suspirando, miró hacia la escalera. Aquella era una situación imposible. Si se marchaba estaría preocupada toda la noche y si se quedaba Lucas volvería a gritarle.

Además, podría pensar que se quedaba por otra razón. Lucas Jackson tenía demasiada experiencia con las mujeres como para no haberse dado cuenta de su reacción. Su única esperanza era que estuviera demasiado borracho.

Emma miró por la ventana y comprobó que seguía nevando con fuerza.

Se quedaría media hora más, decidió. Iría a ver cómo estaba en unos minutos y después se marcharía y lo dejaría solo.

Capítulo 3

LUCAS se dio una ducha de agua fría. Estaba borracho, pero en lugar de embotados, que era su intención, sus sentidos parecían más alerta que nunca. Estaba pensando cosas que no debería pensar y la culpa era del champán. Afortunadamente, Emma se había marchado porque de no ser así tal vez habría sentido la tentación de buscar otra forma de olvido.

Lucas suspiró, disgustado consigo mismo. ¿Desde cuándo imaginaba a su ayudante desnuda? Nunca, jamás, ni una sola vez en los dos años que llevaban trabajando juntos. Pero, de repente, esa imagen lo atormentaba.

Le habría gustado quitarle el prendedor del pelo para dejarlo caer sobre sus hombros. Habría querido enredar sus dedos en los sedosos mechones y mantenerla cautiva mientras buscaba sus inocentes labios para ver si allí encontraba la cura que estaba buscando.

Pero no debería pensar ninguna de esas cosas.

Mascullando una maldición, cerró los ojos y se apoyó en las baldosas de la pared, dejando que el agua cayera sobre su cabeza. No debería querer tocar su pelo y definitivamente no debería querer besarla.

Emma trabajaba para él y quería que siguiera siendo así.

No había sido fácil encontrar a una buena ayudante

personal, un papel que requería multitud de tareas. Antes de Emma había tenido una serie de secretarias para quien el trabajo no era más que una manera de financiar su vida social o cuya única razón para trabajar era intentar entablar una relación personal con él.

Incluso había tenido un ayudante masculino que se negó a trabajar tantas horas y una señora mayor que no tenía energía suficiente y tuvo que dejarlo después de unos meses.

Y entonces había encontrado a Emma. Emma, con sus serios ojos castaños y su increíble habilidad para hacer varias cosas a la vez sin quejarse. Emma, que trabajaba sin descanso y jamás se molestaba por sus cambios de humor. Era su dedicación al trabajo lo que la había llevado allí esa noche.

Era una joya y él le había gritado. Peor aún, la había asustado.

Lucas volvió a mascullar una palabrota, preguntándose si recordaría enviarle flores cuando estuviera sobrio. La ironía era que nunca enviaba flores a las mujeres, Emma lo hacía por él. Pero tendría que hacer algo porque lo último que deseaba era perderla.

Con un poco de suerte, los dos podrían fingir que no había pasado nada.

Después de secarse, intentó ponerse la toalla a la cintura, pero no era capaz de controlar sus dedos y cuando cayó al suelo dejó escapar una risotada de frustración. Demasiado borracho para ponerse una toalla, pero no demasiado borracho para olvidar.

Nunca estaba demasiado borracho para olvidar.

El dolor estaba anclado entre sus costillas como un pedazo de metralla que ningún cirujano podía extraer. Nada mermaba ese dolor.

Suspirando, volvió al dormitorio y se detuvo de golpe al ver a Emma.

Por un momento pensó que era un espejismo, una imagen que su cerebro había conjurado.

–Dios mío... –Emma se tapó los ojos con una mano–. Lo siento, lo siento. ¿Qué haces desnudo? No puedo creer... qué vergüenza.

Fue esa vergüenza lo que por fin penetró en su embotado cerebro.

Lucas no quería moverse porque no confiaba en sí mismo. De repente, lo único que quería hacer era tirarla sobre la cama y explorar una forma diferente de sobrellevar esa noche. Quería que ella derritiese el frío que sentía por dentro. Quería su calor y todo lo que había de real en ella.

En lugar de estar rodeado de fantasmas, quería contacto humano, carne y piel.

Emma.

Apretando los puños, Lucas intentó canalizar toda su energía para permanecer de pie.

–Pensé que te habías ido.

–No, solo había bajado para quitar los globos y darte un poco de tiempo... –Emma suspiró, sin apartar la mano de sus ojos–. ¿Estás decente?

–Por favor, no exageremos. Parece como si no hubieras visto nunca un hombre desnudo.

Había visto a Jamie, ¿no?

–No tengo por costumbre ver a mi jefe desnudo –protestó ella–. Nunca he pensado en ti como un hombre. Al menos, hasta ahora... por favor, ponte algo.

En otras circunstancias, Lucas hubiera soltado una carcajada, pero en lugar de hacerlo entró al vestidor para buscar un albornoz. Cualquier beneficio de la du-

cha fría había desaparecido al verla y el deseo se mezclaba con la certeza de que aquella era la única mujer
a la que no podía tener.

Tenía que apagar su ardor como fuera. Por borracho que estuviera, aquello no podía pasar. Emma Gray
era la última mujer en el mundo a la que quería ver
como una mujer.

—Imagino que has vuelto para decirme que no puedes marcharte debido a la nevada.

—No tengo ni idea. No he intentado marcharme
—Emma seguía teniendo los ojos tapados y Lucas suspiró mientras abrochaba el cinturón de su albornoz.

—Ya estoy decente.

Al menos, por fuera. Sus pensamientos eran menos
que decentes, pero mientras ella no pudiera leerlos no
habría ningún problema.

Tenía que distanciarse, se dijo.

—Si puedes marcharte, ¿por qué sigues aquí? Te
fuiste hace media hora.

—Ya te he dicho que he estado quitando los globos
y las serpentinas. Imaginé que no querrías verlos. Además, estaba preocupada por ti —Emma apartó la mano
de sus ojos y, al verlo en albornoz, se relajó un poco—.
Me preocupaba que siguieras bebiendo y te golpeases
la cabeza o algo igualmente horrible.

—¿Te preocupa perder tu puesto de trabajo?

—Por supuesto... y posiblemente también mi conciencia. Quiero dormir bien esta noche.

Distraído por el brillo de sus ojos, a Lucas le costaba trabajo concentrarse.

—Tal vez esté más borracho de lo que creía porque no
lo entiendo. ¿Por qué tendrías eso sobre tu conciencia?

—Porque yo sería la última persona que te hubiera

visto con vida. Pero si estás lo bastante sobrio como para darte una ducha, imagino que ya puedo irme –dijo ella, volviéndose hacia la ventana.

–¿Por qué no me miras?

–Porque aún no me he recuperado de la sorpresa. Ver desnudo a tu jefe no es algo que ocurra todos los días y puede que necesite recurrir a algún tipo de terapia –Emma se aclaró la garganta–. Bueno, es hora de que me marche.

–No vas a ir a ningún sitio.

–¿Cómo que no? Ya estás bien, de modo que no tengo por qué...

–¿No has visto cómo nieva?

La tensión en el ambiente crecía por segundos y la chimenea encendida, la cama con dosel, la nieve reflejada por la luna, creando una luz fantasmal sobre el lago, no ayudaban nada.

La ironía era que Lucas nunca había seducido a una mujer allí. A excepción de la inesperada aparición de Tara, ninguna mujer lo había visitado en Chigworth.

Pero Emma estaba allí y era evidente que lamentaba su decisión de no haberse ido antes.

–No pasa nada, conduciré con cuidado. Las palas quitanieves estarán trabajando ya, así que no hay ningún problema.

–¿Tú sabes lo lejos que está la autopista? Primero tendrías que recorrer varias carreteras comarcales y dudo mucho que las palas quitanieves hayan llegado hasta aquí.

–Lo intentaré de todos modos.

–Puede que yo esté borracho, pero no tanto como para no darme cuenta de que sería un riesgo innecesario. Llámame egoísta, pero no quiero pasar el resto de la noche intentando localizar tu cadáver ni tener que buscar otra ayudante. No soporto el proceso de entrevistas.

Emma esbozó una sonrisa.

—Ah, entonces es eso, ¿no? No quieres ninguna molestia.

—Soy el tipo más egoísta del mundo, ya lo sabes.

«Así que no me mires así con tus preciosos ojos castaños. No me demuestres que te importo un bledo».

Pero ya lo había hecho, ¿no? En cuanto descubrió que alguien había organizado una fiesta que no deseaba se había molestado en retirar las pruebas.

—Ha sido una tontería por mi parte venir aquí.

—No, no lo ha sido —como no podía dejar de mirarla, Lucas se acercó a la chimenea y le dio la espalda—. Agradezco mucho tu dedicación. Es una pena que hayas elegido precisamente esta noche.

No dijo lo que era obvio: que si no fuera por lo que esa noche representaba para él, no habría olvidado la carpeta en la oficina.

—Lucas...

—Mira, esto es lo que vamos a hacer —la interrumpió él—. Estás helada, así que voy a calentar un poco de sopa. Mientras tanto, date una ducha caliente y ponte lo que encuentres en mi vestidor. Nada te quedará bien, pero tú eres una persona práctica y seguro que sabrás improvisar. Colgaremos tu ropa frente a la chimenea y estará seca por la mañana.

—Lucas, no puedo...

—Voy a encender la chimenea en una de las habitaciones de abajo, así que estará calentita cuando te vayas a dormir —sin mirarla, Lucas se dirigió a la puerta—. Hay toallas en el baño.

Emma debería haber discutido, pero una mirada a la ventana la convenció de que tenía razón. En la media hora que había estado limpiando globos parecía haber caído una tonelada de nieve. La decisión de quedarse o no ya no estaba en sus manos. No podría conducir con esa tormenta, de modo que tendría que quedarse allí a pasar la noche cuando lo único que quería era volver a casa con Jamie.

Era una pena que Lucas no fuese gordo, pensó. Un jefe gordo y feo hubiera sido mucho más fácil de olvidar que un jefe con unos abdominales como una tableta de chocolate y...

Emma cerró los ojos, recordándose a sí misma que un cuerpazo no era lo más importante en un hombre.

Y no tenía sentido pensar en lo que debería haber hecho porque ya estaba allí.

Resignada a lo inevitable, sacó el móvil para llamar a Jamie. Era una llamada que temía hacer y suspiró, aliviada, cuando saltó el buzón de voz. Después de dejar un breve mensaje explicando la situación y prometiendo llamar por la mañana, se quitó los zapatos mojados y los dejó frente a la chimenea.

Temblando, se quitó el abrigo y lo colocó sobre el respaldo de una silla antes de entrar en el vestidor.

A pesar de que el castillo debía tener varios siglos, el baño era moderno y sonrió mientras llenaba la bañera. Ella nunca se bañaba. Normalmente, se duchaba a toda prisa... en realidad, todo lo hacía de manera rápida y eficiente, pero cuando por fin pudo meterse en el agua suspiró de placer, disfrutando del momento, tan cansada después de una semana de trabajo que no se atrevía a apoyar la cabeza en el borde de la bañera por temor a quedarse dormida.

Se soltó el pelo y estuvo un rato con los ojos cerrados, pero pensar que Lucas podría aparecer de repente hizo que saliera del agua unos minutos después. Envuelta en una toalla, asomó la cabeza en la habitación y, aliviada al no verlo allí, entró en el vestidor y buscó algo que ponerse. Cualquier cosa con tal de estar decente.

Encontró una camisa blanca que le quedaría grande y buscó un pantalón de chándal o de pijama, pero Lucas no parecía tener nada de eso.

Iba a cerrar el último cajón cuando notó algo duro bajo sus dedos... una fotografía en un marco de plata. Preguntándose por qué tendría una fotografía guardada allí, Emma la tomó y contuvo el aliento.

No estaba guardada allí por accidente sino escondida por alguien que no quería verla, pero tampoco podía deshacerse de ella.

—¿Emma? —la voz de Lucas desde la habitación hizo que diera un respingo, pero cuando iba a guardar la fotografía en el cajón él apareció en la puerta del vestidor.

Y al ver la fotografía que tenía en la mano, el cambio fue inmediato; su repentina palidez enfatizando las oscuras sombras bajo sus ojos.

Y Emma supo inmediatamente que lo que tenía en la mano era la fuente de esas sombras. Le gustaría poder consolarlo, ¿pero cómo iba a hacerlo si no sabía por qué debía consolarlo? ¿Y cómo iba a hablar de algo tan personal con alguien con quien nunca hablaba de temas personales? La naturaleza de su relación cambiaría para siempre.

Pero ya había cambiado, pensó. Aunque no dijese nada, sabía que Lucas tenía una vida personal, que era mucho más que el hombre al que ella conocía. Y eso era peor, mucho peor que verlo desnudo. Mucho más íntimo.

Y él también parecía pensar eso porque el brillo burlón en sus ojos azules había desaparecido cuando clavó la mirada en su escote. Emma levantó la mano instintivamente hacia el nudo de la toalla, aunque estaba firmemente atado.

–Estaba buscando algo que ponerme, no quería cotillear entre tus cosas –dijo por fin, dejando la fotografía en el cajón–. Lo siento mucho. No sabía que... me dijiste que buscase algo que ponerme y... en fin, no sabía lo que guardabas en los cajones.

Lucas seguía mirándola con expresión helada y Emma no sabía qué hacer o decir. De modo que, al final, anunció lo más obvio:

–Tienes una hija. Y se parece mucho a ti.

En cuanto lo dijo se dio cuenta de que había cometido un error. El silencio se alargó de tal modo que estaba a punto de murmurar una disculpa cuando por fin Lucas respondió:

–Tuve una hija –empezó a decir–. Hoy hace cuatro años de su muerte y fue culpa mía. Mi hija murió por mi culpa.

Capítulo 4

EMMA había encontrado la fotografía; la fotografía que él no podía ni mirar.

Lucas se quedó frente a la ventana, de espaldas a la habitación, con el corazón encogido. Sentía como si le hubieran arrancado varias capas de piel, dejándolo en carne viva.

Y no sabía cómo calmar el dolor.

Era un hombre que se enorgullecía de su autocontrol y, sin embargo, no era capaz de controlar lo que sentía, de modo que apretó los puños y cerró los ojos.

Desde el vestidor podía oír un frufrú de tela mientras Emma se vestía. Debía haber encontrado algo que ponerse, pero estaba tomándose su tiempo y entendía por qué. Su expresión se le había quedado grabada. El impacto de su cruda confesión la había sorprendido más que verlo desnudo.

Había visto una parte de él que no le mostraba a nadie, una parte que guardaba fieramente para sí mismo. Le daba igual que lo hubiera visto sin ropa, pero no que hubiera visto la fotografía y estaba seguro de que Emma estaba tan sorprendida como él.

Qué ironía, pensó, que solo así hubiera conseguido la soledad que necesitaba. No tenía duda de que ella lo dejaría en paz a partir de ese momento. Las opciones eran quedarse en una habitación del primer piso o en su propia versión del infierno y no tenía duda de cuál sería su decisión.

Estaba tan seguro que fue una sorpresa escuchar sus pasos tras él.

–¿Es así todos los años? ¿Te encierras para beber? ¿Eso te ayuda a soportar la noche?

Lucas no se dio la vuelta

–Nada me ayuda.

–Ya veo.

No quería su compasión y la rechazó porque no la merecía.

–Agradezco mucho que me hayas traído la carpeta, pero tu trabajo ha terminado. Tu responsabilidad no se extiende a otros aspectos de mi vida –le dijo. Sabía que su tono era seco y brutal, pero no le importaba–. He encendido la calefacción en una de las habitaciones de abajo y he dejado allí una bandeja de comida.

–¿Y tú qué vas a hacer?

Lo que hacía siempre: poner un pie delante de otro y seguir viviendo como podía.

–Yo estoy bien. Cómete la cena mientras está caliente.

–En lugar de intentar soportar esto solo, podrías probar a hacer algo diferente.

Emma había puesto una mano sobre su hombro y él tuvo que hacer un esfuerzo para no apartarse. Era muy valiente, pensó. De no serlo, no habría recorrido unas carreteras heladas para llegar hasta allí.

–Deberías irte ahora mismo.

–Y tú deberías encontrar la manera de soportar esta noche sin beber hasta caer borracho.

–¿Y qué sugieres? –Lucas se volvió, despacio, para mirarla a los ojos. Llevaba una de sus camisas blancas, que caía hasta medio muslo, mostrando unas piernas tentadoras.

Nunca se había fijado en las piernas de su ayudante, pero eran fabulosas. Claro que siempre llevaba serios traje de chaqueta, nada provocativo.

Tal vez de manera intencionada si aquello era lo que ocultaba tras las faldas por debajo de la rodilla.

Lo inapropiado de ese pensamiento casi lo hizo reír.

Debería sentir gratitud, algo inofensivo, pero lo que sentía en aquel momento era crudo, poderoso y amenazaba con quemar cualquier cosa a su paso.

Y Emma pareció darse cuenta. Lo vio en sus ojos y en cómo apartó la mano de su hombro.

Lucas esbozó una cínica sonrisa.

–Deberías ser más específica cuando sugieres alternativas o tu generosidad podría ser mal interpretada. Especialmente cuando solo llevas una camisa.

–Tú sales con modelos. ¿Esperas que crea que ver a tu ayudante con una camisa despierta tu libido? No lo creo –Emma intentaba bromear, pero se había puesto colorada–. No estás tan desesperado.

–Tal vez lo esté –replico él, con voz ronca–. Tal vez esté tan desesperado que me da igual lo que haga esta noche o con quién lo haga. Y tal vez tú estés en el peor sitio posible, Emma.

Notó que ella parecía tener miedo a respirar para no romper el delicado equilibrio que había entre los dos en ese momento. Siempre le había parecido una persona fuerte, pero la fina seda de la camisa revelaba un cuerpo esbelto y frágil.

Y alguien tan frágil no debería confiar en él. Ya lo había demostrado una vez, ¿no?

Ese pensamiento fue como un jarro de agua fría.

¿Tan desesperado estaba que se arriesgaría a hacerle daño a una de las mejores personas que conocía?

–Deberías irte ahora mismo. Vete a tu habitación y cierra la puerta.

Pero Emma no se movió.

–No pienso dejarte así.

–Deberías haberte ido hace horas, cuando te lo pedí. Entonces no estaríamos en esta situación.

–Me alegro de no haberlo hecho. No deberías estar solo esta noche.

–¿Te preocupa tu puesto de trabajo?

–No, me preocupas tú.

–No lo entiendes –Lucas dio un paso adelante, pero el suave perfume de su piel amenazaba con hacerlo perder el control–. Debo estar solo, es la única manera.

–Tal vez en lugar de alcohol lo que necesitas es charlar con un amigo.

–¿Un amigo? –repitió él, sarcástico–. ¿Crees que estoy pensando en amistad ahora mismo?

–No, no lo creo –dijo Emma–. No soy tonta, pero sé que estás sufriendo y que quieres dejar de sufrir. Quieres descansar de ese dolor y yo lo he devuelto a la vida al sacar esa fotografía. Lo siento mucho.

–No tienes razón para sentir nada. Vete, por favor.

–Podemos encontrar otra manera de solucionar esto.

No debería sorprenderle que fuera tan obstinada porque lo había demostrado muchas veces en la oficina.

–No *vamos* a hacer nada, Emma. Y en cuanto a la amistad de la que hablas, yo no tengo amigos. Tengo gente que trabaja para mí y gente que quiere algo de mí.

Su crudo análisis no pareció sorprenderla. Tal vez no era tan ingenua como creía.

–No todo el mundo es como Tara Flynn.

–Tal vez Tara haya sido sensata. Tal vez se ha dado cuenta de que no era seguro quedarse aquí.

Su pelo se había secado, cayendo en oscuras ondas sobre la camisa blanca. Pero el fuego de la chimenea hacía que la tela fuese casi transparente, delineando las curvas de su cuerpo, y de repente le costaba trabajo hacer lo que debía hacer e insistir en que se fuera.

–Es verdad que trabajo para ti, pero es un error pensar que solo es un acuerdo económico. Te conozco desde hace dos años y estuve contigo el año pasado, cuando te bebiste una botella de whisky en la oficina, aunque dudo que lo recuerdes.

Lucas recordó entonces la manta que alguien había colocado sobre él...

Había sido Emma. Era algo a lo que había dado muchas vueltas en los últimos doce meses y ya tenía su respuesta.

Emma.

–Deja de beber, Lucas. Lo has intentado y no sirve de nada. Vamos a encontrar otra forma de superar esta noche... y antes de que hagas otro comentario cáustico debo decir que hay miles de opciones y que ninguna de ella hará que nos sintamos avergonzados por la mañana.

–¿Qué opciones?

–Podríamos jugar al ajedrez, por ejemplo.

–¿Jugar al ajedrez?

No se daba cuenta de que la camisa era casi transparente a la luz de la chimenea. No debía darse cuenta o no estaría allí, mirándolo con tanta confianza.

–Juego muy bien al ajedrez –insistió Emma–. La partida podría acabar en lágrimas, te lo aseguro. Las tuyas, por supuesto –añadió, intentando esbozar una sonrisa–. No tienes que inventar excusas. Si te da miedo jugar conmigo, lo entiendo. Siempre podemos jugar al *Scrabble*, pero te advierto que soy una jugadora despiadada.

¿Despiadada? Lucas estuvo a punto de reír. Emma no sabía lo que significaba ser despiadado.

–¿Esas son tus sugerencias para distraerme? ¿El ajedrez y el *Scrabble*?

–También podríamos jugar al *Monopoly*.

–¿Crees que es sensato jugar al *Monopoly* con un arquitecto?

–¿Por qué no? Si fueras contratista o agente inmobiliario tal vez me pondría nerviosa, pero un arquitecto que solo es capaz de hacer bonitos dibujos... –Emma se encogió de hombros–. No me asustas. ¿Entonces qué, el ajedrez, el *Scrabble* o el *Monopoly*? ¿Quieres jugar o no?

Sí, quería jugar.

Pero a ninguno de los juegos que había sugerido. El juego al que quería jugar era mucho más peligroso. Quería jugar con fuego, quería besarla, quitarle la camisa y buscar el olvido de la forma más básica posible para un hombre. Y quería hacerlo una y otra vez hasta que no pudiera pensar en nada. Hasta que olvidase. Hasta que el dolor fuese ahogado por otras sensaciones.

¿Por qué no? Nada más funcionaba. Nada más lo había ayudado nunca.

Y entonces recordó que Emma era intocable.

–Nunca he conocido a nadie que me ganase al ajedrez y no se me ocurre nada peor que jugar con dinero de juguete –le dijo, sin mirarla–. He dejado un plato de sopa en tu habitación y estará enfriándose. Si quieres algo más, hay de todo en la nevera.

Después de eso le dio la espalda, pero cuando esperaba que saliera de la habitación Emma lo abrazó por la cintura.

–No sé qué pasó, pero sé que no fue culpa tuya. Lo sé. Ella no murió por tu culpa.

Algo dentro de Lucas se rompió.

–Tú no sabes nada –replicó, volviéndose tan violentamente que Emma tuvo que apartarse–. No sabes de qué estás hablando y tienes que dejarme solo.

Su actitud era tan aterradora que Emma debería haber dado un paso atrás, pero no se movió.

–No voy a dejarte solo.

–¿No? Pues solo hay una distracción que me interese en este momento. ¿Estás dispuesta, Emma? –de alguna forma, sus manos se habían enterrado en la melena oscura, los suaves mechones acariciando sus muñecas.

Sin pararse a pensar, tomó su boca en un beso duro y exigente, empujado no solo por el deseo sino por la desesperación, por una primitiva necesidad de librarse de la agonía que lo tenía poseído. Se sentía atraído por su calor, como si estar cerca de ella pudiera derretir el frío de su corazón. Como si algo en ella pudiese curarlo, aunque todo lo demás había fracasado.

Siguió besándola egoístamente, empujado por el dolor y por la necesidad de buscar el olvido de cualquier forma. La sentía temblar y no sabía si era de frío o por alguna otra emoción. No pensaba con claridad, lo único que sabía era que quería aquello y lo quería de inmediato. Y que a menos que Emma lo parase, él no iba a hacerlo.

Sin dejar de acariciar su pelo, usó la mano libre para desabrochar su albornoz y cuando ella le echó los brazos al cuello la dejó sobre la alfombra, frente a la chimenea. Una parte de él, una parte distante que apenas tenía voz en esa locura que lo envolvía, le decía que parase, que pensara en ella... pero no quería pensar en ella, no quería pensar en nada.

No estaba interesado en una lenta seducción.

Con manos temblorosas le quitó la camisa, dejándola desnuda. La oyó exhalar un gemido, pero intentó olvidarlo mientras abría sus piernas.

–Lucas... –Emma susurró su nombre y él levantó la cabeza, mirándola como a través de una neblina.

El calor de la chimenea le había dado color a sus mejillas. O tal vez era el bochorno por la intimidad con que la tocaba. En cualquier caso, le ofrecía su cuerpo en una sinuosa y sensual invitación, como un escape erótico para su dolor.

Pero incluso en medio de esa neblina recordó sacar el preservativo que llevaba en el bolsillo del albornoz. Algo que siempre había tenido a mano en esos últimos cinco años.

La besó como un hombre hambriento y luego deslizó la mano por su cuerpo, perdiéndose en sus curvas, sus caricias crudas y explícitas, el deseo tan poderoso que apartaba cualquier otra emoción, cualquier otro pensamiento. Era como una droga que cuanto más consumía mejor lo hacía sentir.

Había perdido el control y lo sabía. Lo sabía mientras abría sus piernas y la oía contener el aliento. Lo sabía mientras metía la mano bajo su cuerpo para levantarla un poco y lo sabía mientras entraba en ella, empujado por una urgencia desesperada que no lo permitía dar marcha atrás.

Su calor lo envolvió; un calor mil veces intensificado por la estrechez de su cuerpo. Sentía cada espasmo de la manera más íntima. Nunca jamás había experimentado algo así.

–Emma... –Lucas quería parar un momento, hacer que durase, pero no podía. A través de la neblina que nublaba su cerebro la oyó murmurar su nombre y sintió que clavaba los dedos en su espalda. Tal vez debería haber susurrado suaves palabras, pero ya no podía ser suave.

Estaba ciego y sordo a todo lo que no fuera su propio deseo.

Sintió sus músculos internos cerrándose y se dejó llevar por el instinto, crudo y primitivo, cada embestida un gesto de masculina posesión. Su aroma lo mareaba y la suavidad de su piel hacía que perdiese la cabeza.

La tomó avariciosamente, enterrándose en ella más y más y, durante unos segundos, solo sintió placer. Mientras su cuerpo se vaciaba, también lo hizo su cerebro. Vaciándose de todo salvo aquella mujer.

Tardó un momento en volver a la realidad, pero por fin vio de nuevo el fuego de la chimenea y a la mujer que lo abrazaba. No era cualquier mujer, era Emma.

Emma, su ayudante. La dulce Emma, que merecía mucho más que un revolcón de una noche con un egoísta como él.

Cerrando los ojos, se apartó de ella para tumbarse

de espaldas sobre la alfombra, sintiendo asco de sí mismo, preguntándose qué locura lo había poseído. Más alcohol hubiera sido una opción mejor; al menos habría despertado por la mañana sin tener que disculparse.

Y tendría que pagar por ello, pensó. Había un precio para todo y aquel podría ser muy alto.

Emma despertó sola en la enorme cama. La primera luz de la mañana entraba por la ventana y del fuego de la chimenea que había caldeado su noche de amor con Lucas solo quedaban unas brasas.

La angustia y la agonía de la noche anterior solo eran un frío recuerdo, pero no todo estaba olvidado.

Emma se tumbó de espaldas para mirar el dosel de la cama.

Se sentía increíblemente bien. Y culpable. Le parecía tan extraño que la mejor noche de su vida hubiera sido la peor noche para Lucas.

Para él no había sido especial. No había tenido nada que ver con ella, aunque hubiera pronunciado su nombre en el calor del momento. No era tan ingenua como para creer que había algo personal. Para él, solo había sido un escape temporal. Le había ofrecido una distracción de su dolor cuando más lo necesitaba. Era su empleada...

De repente, Emma sintió una oleada de pánico.

Se había acostado con su jefe. ¿Cómo era posible?

Era absurdo, estúpido, insensato.

¿Cómo podía haber estado tan loca? Ella era una profesional y nunca había saltado esa invisible línea divisoria...

Emma saltó de la cama con piernas temblorosas y tomó la ropa que había dejado secándose frente a la chimenea. Temiendo que Lucas apareciese en cualquier momento, se vistió a toda prisa, tarea nada fácil porque le temblaban las manos. Cuando sacó el móvil del bolso vio que eran las ocho de la mañana y que había dos llamadas perdidas de Jamie.

«Ay, Jamie».

La felicidad que había sentido al despertar desapareció de repente, dejando en su lugar un momento de pánico.

¿Qué había hecho?

Dejando escapar un gemido, se sentó sobre el borde de la cama.

—Esto parece un caso de arrepentimiento matinal.

Emma dio un respingo al escuchar la voz de Lucas desde la puerta.

Aquella era una situación con la que no había tenido que enfrentarse nunca y no sabía qué hacer.

Cuando lo miró, se le encogió el estómago. Era tan atractivo. No solo guapo sino apuesto y tan deliciosamente sexy como un chico malo, sin afeitar y con ese mechón de pelo que caía sobre su frente. ¿Era tan malo desear no haberse levantado de la cama? ¿Era tan malo desear haber despertado juntos?

El sexo con él había sido inolvidable.

Y ese era el problema.

Lucas era su jefe y Emma tuvo que ignorar el ridículo deseo de presentar su renuncia para si ver si la relación entre ellos podía ir a algún sitio. Pero esa sería una locura impulsiva y ella no era así. Ella tenía responsabilidades, compromisos. Siempre había tomado decisiones sensatas y lo más sensato en ese momento era olvidar la noche anterior para siempre. Tenía que olvidar los detalles de la vida personal de Lucas y seguir viéndolo como su jefe.

La cuestión era cómo iba a hacerlo.

Se preguntó entonces si Lucas estaría haciéndose la misma pregunta, pero una mirada a su rostro le dijo que no era así.

No había ni sombra de duda o inseguridad. Nada sugería que la noche anterior hubiera tenido importancia para él. Las salvajes emociones que lo habían empujado unas horas antes habían desaparecido y Lucas Jackson volvía a ser el mismo de siempre, sus secretos enterrados bajo capas de autodisciplina.

Ella, sin embargo, se sentía emocional y físicamente destrozada.

Lucas llevaba unos vaqueros negros y un jersey del mismo color que destacaba sus anchos hombros. Era un atuendo informal y, sin embargo, había en él una innata sofisticación, un estilo que era evidente en todo lo que hacía.

Emma recordó los fuertes músculos masculinos. Recordaba lo que había sentido al tocarlo y ser tocada por él. Le parecía extraño haber pensado que era vulnerable porque no había nada débil en aquel hombre.

No habían hablado de su problema. Lo único que sabía era que se culpaba a sí mismo por la muerte de su hija. No conocía los detalles y, a juzgar por su expresión, él no tenía intención de contárselos.

Aquel era el hombre al que conocía, el Lucas Jackson al que trataba todos los días. Y ese hombre era su jefe.

De modo que solo había una cosa que hacer.

Emma se levantó despacio, como si tomándose su

tiempo pudiese encontrar algo que decir. Y él parecía estar esperando, sosteniendo su mirada durante tanto tiempo que tuvo que tragar saliva.

–Buenos días... –no se le ocurría nada más original y se aclaró la garganta, pensando que era imposible portarse de manera normal cuando aquel hombre, su jefe, conocía su cuerpo íntimamente–. Tengo que hacer una llamada de teléfono y luego me marcharé.

Lo último que quería era hablar sobre lo que había pasado, de modo que fue un alivio que él no dijese nada. Pero la miraba como si estuviera esperando una respuesta y ese escrutinio era tan incómodo como cualquier conversación. Nerviosa, tuvo que darse la vuelta para buscar sus zapatos. La nieve los había destrozado, pero al menos estaban secos y ponérselos le daba algo que hacer.

–Jamie estará preocupado por mí. Me ha llamado esta mañana, pero tenía el móvil apagado.

–¿Seguro que estará preocupado?

–Pues claro. Le dije que llegaría tarde, pero no sabía que no volvería a casa.

–¿Y cómo se va a sentir cuando sepa que te has acostado conmigo? –la pregunta pilló a Emma por sorpresa.

–Evidentemente no voy a contarle eso.

Él esbozó una sonrisa irónica y Emma clavó los ojos en su boca. La misma que la había besado la noche anterior hasta hacer que perdiese la cabeza, la misma que la había acariciado hasta hacerla temblar...

–Tendrás que aprender a no ponerte colorada o se dará cuenta.

Emma apretó los labios. Era irritante ponerse colorada cuando él parecía tomarse lo que había ocurrido la noche anterior con total indiferencia. Nada de palabras románticas ni caricias, ninguna transición de lo apasionado a lo profesional. Y tal vez debería agradecerlo, pensó. Le hubiera gustado desaparecer con su dignidad intacta, pero sabía que no había muchas posibilidades.

–Jamie no piensa como tú.

–¿Y si lo adivinase?

–¿Por qué iba a adivinarlo? No es algo de lo que tenga intención de hablar con él.

–Y, sin embargo, es la persona con la que vives.

–Pero no voy a contarle que me he acostado contigo.

–Yo no soy un experto en relaciones, pero imagino que esa sería una conversación muy incómoda –asintió él, como si estuvieran en la oficina, hablando de algún proyecto–. Y si es así como quieres hacerlo, me parece bien. Pero me gustaría hacerte una pregunta antes de volver a temas más prácticos.

¿Temas más prácticos?

–¿Qué pregunta?

Lucas no respondió de inmediato y el silencio se alargó durante casi un minuto. Un minuto que Emma contó con cada latido de su corazón.

Cuando por fin rompió el silencio, lo hizo en voz baja:

–Si tienes tan buena relación con Jamie, ¿por qué te has acostado conmigo?

Capítulo 5

FASCINADO, Lucas vio que el rostro de Emma se encendía. Todo en ella era fresco e inesperado. O tal vez él se había vuelto cínico y duro como el pedernal. Demasiado para alguien como ella.

Si las circunstancias fueran diferentes, tal vez la conversación que estaban a punto de tener sería otra, pero no podía cambiar lo que sentía. O más bien, lo que no sentía.

Si no lamentase ya la locura que lo había empujado a acostarse con ella lo lamentaría en aquel momento porque era demasiado fácil adivinar lo que sentía. Estaba escrito en su cara.

Para ella había sido importante y si había algo que él no buscase en una relación era importancia. Seguramente era el peor hombre con el que podía haberse encontrado durante una tormenta de nieve. Y tal vez lo sabía porque había girado la cabeza y solo podía ver su perfil... sus mejillas coloradas, la curva de sus largas pestañas mientras concentraba la mirada en el paisaje nevado que los aislaba tanto como el foso.

Dependía de él solucionar aquello.

–Emma –empezó a decir, con voz ronca. No quería que malinterpretase lo que había ocurrido entre ellos. No quería que buscase algo que no iba a encontrar allí–. ¿Emma?

Ella se volvió, desconcertada.

–¿Qué?

–Jamie –dijo él–. Llevas al menos dos años con él, de modo que debe ser algo serio.

Ella lo miraba como si fuera un extraterrestre.

–Me parece que hay un pequeño malentendido.

Lucas no entendía por qué. Estaba hablando bien claro.

–Si llevas dos años con él, Jamie es alguien que te importa mucho –insistió, con tono cínico. Aunque él no era quién para juzgar las relaciones de los demás. ¿Qué sabía él de relaciones sentimentales? Tanto como del amor, nada.

Alguien como él no debería tocarla. No debería haberla tocado la noche anterior y no debería hacerlo en aquel momento.

–En realidad, llevamos juntos nueve años... básicamente toda su vida. Jamie es mi hermano pequeño.

Lucas tardó un momento en entender.

¿Hermano? ¿Jamie era su hermano?

–¿Qué?

–No sé de dónde has sacado que Jamie era mi pareja.

–Te he oído hablando por teléfono con él muchas veces... –Lucas se pasó una mano por el pelo–. ¿Tu hermano?

–Sí.

–¿Cómo puedes tener un hermano de nueve años?

–Te lo puedes imaginar.

–Pero tú tienes...

–Veinticuatro –lo interrumpió Emma–. Bienvenido al mundo de las familias complicadas. Jamie vive con mi hermana y conmigo... o más bien vive con mi hermana y yo me reúno con ellos los fines de semana. Vivimos en un pueblo a las afueras de Londres.

—Pero tú vives en la ciudad.

—Durante la semana –dijo Emma–. Los viernes vuelvo a casa y me ocupo de Jamie para que Angie, mi hermana, pueda tener un poco de tiempo libre. Compartimos la custodia de mi hermano, pero podríamos decir que yo soy el cabeza de familia.

De repente, Lucas entendió la regla de no trabajar los fines de semana. Y también se dio cuenta de lo equivocado que había estado sobre su ayudante.

—Pensé que no querías trabajar los fines de semana porque tenías una gran vida social.

—Porque me has confundido con Tara –replicó ella–. Yo soy una persona normal y hago la vida de una persona normal. Una vida que me gusta mucho, por cierto, pero nada de fiestas. La mía es una existencia bastante rutinaria.

Lucas estaba sorprendido.

—Cuidar de un hermano pequeño no es una existencia rutinaria, es un gran sacrificio por tu parte.

—No es ningún sacrificio. Yo me considero muy afortunada por tener una familia y me gustaría que viviéramos juntos toda la semana. La verdad es que me siento un poco sola de lunes a viernes.

Él asintió con la cabeza.

—Pero si te sientes sola, ¿por qué no vives con ellos? ¿Por qué vives en Londres?

—No podemos pagar un apartamento de tres dormitorios en Londres y yo no puedo trabajar fuera de la ciudad porque los salarios son más bajos, así que hemos llegado a un compromiso –Emma se colocó un mechón de pelo detrás de la oreja–. Angie es profesora sustituta y no tiene que trabajar todos los días, así que el acuerdo funciona bien. O, al menos, funcionaba.

—Quieres decir hasta que te quedaste atrapada aquí por culpa del egoísta de tu jefe.

—No, no quería decir eso. Es que últimamente... bueno, da igual. Nada de eso importa.

—¿Por qué no me lo habías contado? No sabía que fueras responsable de un niño. De haberlo sabido no te habría hecho trabajar tantas horas.

—No había nada que explicar. Me pagas por hacer mi trabajo y tienes derecho a esperar que esté bien hecho. Y no necesito marcharme temprano durante la semana. Vivo en una habitación alquilada en el sur de Londres y no hay mucho a lo que volver.

—¿Dónde vives exactamente?

Cuando se lo dijo, Lucas no se molestó en disimular su sorpresa.

—De haberlo sabido no te habría hecho trabajar hasta las doce de la noche.

—Pero siempre me pagas un taxi, así que no es problema.

—Pero tienes que ir del taxi al portal...

—En general, el taxista espera hasta que he entrado en el edificio, así que no pasa nada.

Pero sí pasaba algo. No porque le hubiesen robado el bolso o la hubieran atacado en la calle sino porque él estaba a punto de empeorar la situación ya que no iba a hacerle promesas de futuro, al contrario.

Lo que habían compartido era el equivalente sexual de un atropello.

—Tenemos que hablar de lo que pasó anoche —su tono era más seco de lo que pretendía y ella parecía tan incómoda como si le hubiera pedido que posara desnuda para él.

Aunque prácticamente lo había hecho la noche anterior, pensó, recordando su piel dorada a la luz de la chimenea, sus curvas, una sensual invitación y un bálsamo para un hombre que buscaba el olvido.

Ya no tenía que preguntarse qué había bajo su ropa. Lo sabía y tenía que borrarlo de su mente.

—Prefiero no hacerlo. Solo dime si quieres que escriba la carta ahora mismo o te la envíe por email.

Lucas intentó dejar de pensar en su cuerpo desnudo para concentrarse en la conversación.

—¿Qué carta?

—Mi carta de renuncia. Si tienes un ordenador portátil podría escribirla ahora mismo.

—¿De qué estás hablando? ¿Por qué ibas a renunciar?

—Porque es la única opción.

—Una opción que yo no estoy dispuesto a aceptar —replicó Lucas, sorprendido por su repentino enfado. Normalmente, su problema no era ocultar sus emociones sino mostrarlas—. No sé por qué lo sugieres siquiera cuando llevas cinco minutos diciéndome cuánto te gusta tu trabajo y cuánto necesitas el dinero. No vas a renunciar y no hay nada más que decir.

—Eso es algo que decidiré yo, no tú.

—Estás pensando tomar esa decisión por razones equivocadas.

—¿De verdad crees que podemos seguir trabajando juntos después de lo que pasó anoche?

—Lo creo porque lo que ocurrió anoche no volverá a ocurrir —respondió Lucas. Él sabía por experiencia que era mejor dejar las cosas claras desde el principio, pero si esperaba que Emma mostrase su disgusto se llevó una sorpresa.

—Lo sé, pero saberlo no hace que sea más fácil trabajar juntos. Me sentiría incómoda y, como parece que tú prefieres las cosas claras, también lo seré yo: no puedo creer que me haya acostado con mi jefe. No puedo creer que haya sido tan insensata.

—¿Por qué te culpas a ti misma? No sé lo que pasó ayer, pero fuera lo que fuera fue culpa de los dos.

—Tú no sabías lo que hacías, pero yo sabía perfectamente lo que estaba haciendo. O debería haberlo sabido.

Lucas recordó lo pálida que estaba cuando llegó y la pesadilla que debió ser para ella llegar hasta allí.

También él sabía lo que había hecho, pensó Lucas. Aprovecharse de una mujer que en cualquier otra circunstancia no se hubiera acercado a un hombre tan amargado como él.

—Fue culpa mía —insistió Emma—. Tú estabas roto de dolor y yo no supe manejar la situación.

—Eso no es verdad.

—Me dijiste que me fuera una y otra vez y yo no te hice caso. Fue muy arrogante por mi parte pensar que podía ayudarte. Ahora me doy cuenta de que no podía hacerlo.

—Pero me ayudaste —dijo él. Y era cierto. Durante unos minutos, frente a la chimenea, el dolor había cesado. ¿Pero a qué precio?, se preguntó—. Te debo una disculpa.

—¿Por qué?

—Por utilizarte —respondió Lucas, con brutal sinceridad.

—Yo no lo veo así.

—Pero así fue y quería preguntarte... anoche no estaba en mis cabales y no sé si fui brusco contigo. ¿Te hice daño?

–No, al contrario, me gustó mucho. Ser deseada de ese modo... ay, Dios mío, no puedo creer que haya dicho eso –Emma se tapó la cara con las manos–. Me muero de vergüenza.

–¿Por qué?

–Este tiene que ser el momento más embarazoso de mi vida. Por favor, si eres una buena persona acepta mi renuncia y así no tendré que volver a verte.

Había algo tan enternecedor en sus palabras que si la situación no fuera tan seria habría sonreído.

–Tendremos que vernos todos los días y será mejor que te acostumbres –Lucas apartó sus manos de la cara–. Y voy a abochornarte un poco más preguntando cuándo fue la última vez que te acostaste con alguien.

–Esa es una pregunta demasiado personal.

–Un poco, sí. ¿Cuándo?

–No lo sé, hace tiempo.

Eso confirmó sus peores miedos.

–¿Por qué?

–Conocer gente no es tan fácil como en las películas. Durante la semana estoy trabajando y antes de trabajar para ti... bueno, entonces sí había alguien en mi vida –admitió Emma–. Pero no salió bien y casi me alegro porque aunque creía estar enamorada de él, al final no era amor.

–A ver si lo he entendido: conociste a ese tipo en la universidad y cuando intentó meter la mano bajo tu falda le diste una patada. Después de eso, ya no podía darte hijos.

Ella soltó una carcajada.

–Algo así.

–¿Estabas en la universidad, pero no le diste una patada?

–Fue algo más mundano y no fue en la universidad. Entonces no tenía tiempo para los chicos –Emma se volvió hacia la ventana–. Tenía catorce años cuando mi madre quedó embarazada y cuando mis compañeras empezaban a maquillarse y a salir con chicos yo tenía que ayudar en casa con Jamie.

–¿Por qué? ¿Dónde estaba tu madre?

–Murió –respondió Emma–. ¿De verdad quieres saber la historia?

–Sí –respondió Lucas, sorprendiéndose a sí mismo una vez más.

–Nosotros nunca hablamos de cosas personales.

–Pero lo estamos haciendo ahora. Creo que ya hemos sobrepasado lo que la gente consideraría el punto sin retorno –bromeó él–. Quiero saber qué pasó.

–Mi padre nos dejó cuando yo era pequeña, pero mi madre mantuvo una relación con otro hombre y el resultado fue Jamie. Su padre también nos abandonó y mi madre murió de una embolia poco después del parto –Emma apoyó la frente en el cristal de la ventana–. Murió cuando Jamie tenía apenas unos días y fue muy duro para mi hermana y para mí.

Lucas intentó imaginar a una cría de quince años corriendo a casa para atender a un recién nacido cuando ella misma era una niña.

–¿Cómo os las arreglasteis?

–Mis abuelos fueron a vivir con nosotros durante un tiempo, pero fue horrible.

–¿Por qué?

–Porque se quedaron horrorizados cuando mi madre les dijo que estaba embarazada y se portaron muy mal con ella –Emma se aclaró la garganta–. Luego, cuando murió, su actitud hacia Jamie fue muy cruel. Lo culpaban por la muerte de mi madre... lo veían como un error y una carga insoportable. Decían que mi madre había destrozado la vida de toda la familia y que si nos quedábamos con Jamie estaríamos tirando las nuestras por la ventana. Querían que lo diéramos en adopción, aunque era su nieto. ¿Te lo puedes creer?

Lucas sintió una presión familiar en las sienes.

Sí, podía creerlo.

–Pero tu hermana y tú os negasteis a dar a Jamie en adopción.

–Fue un momento muy difícil. Mi hermana y yo decidimos consultar con un abogado y, después de una larga y complicada batalla con la que no quiero aburrirte, conseguimos la custodia del niño.

–¿Larga y complicada?

Seguramente más que eso, pensó, turbado al pensar en dos adolescentes peleando con sus abuelos para quedarse con su hermano.

–Debíamos demostrar que éramos capaces de cuidar de Jamie y, afortunadamente, había algo de dinero del seguro de mi madre. Mi hermana renunció a sus planes de ir a la diversidad y en lugar de eso se convirtió en profesora asistente.

–¿Y tus abuelos?

Emma se frotó la frente, con expresión resignada.

–Digamos que la nuestra es una relación tensa. Intentamos llevarnos bien por Jamie, pero las cosas no salen siempre como uno quiere.

Lucas lo sabía muy bien.

–No sabía que tu vida fuese tan complicada. Nunca me habías contado nada.

–¿Por qué iba a hacerlo? Mi vida privada no tiene nada que ver con el trabajo.

–Y, sin duda, ese hombre que era el amor de tu vida te dejó porque tenías que cuidar de un niño.

–No, en realidad le dejé yo. Edward me presionaba para que viviera mi vida y no parecía entender que Jamie es parte de mi vida. En cuanto a estar enamorada... –Emma se encogió de hombros–. Durante un tiempo pensé que lo estaba, pero no era así. Yo nunca podría amar a nadie que tuviese una actitud tan egoísta.

–¿Y desde entonces no has salido con nadie?

–Estoy todo el día trabajando y tengo por norma no salir con compañeros de oficina... lo cual me lleva al principio de esta conversación. Lucas, tienes que aceptar mi renuncia.

–No –dijo él–. No insistas, no voy a hacerlo.

–No podremos trabajar juntos después de esto.

–Pues claro que sí.

–No podré mirarte a la cara el lunes sabiendo que... en fin, ya sabes.

–Solo ha sido una noche, Emma.

–No tienes que decirlo tantas veces, ya lo sé. Y no tienes que asustarte, tampoco yo quiero una relación.

–Si no estás interesada en una relación, no veo cuál es el problema –dijo él–. Podemos seguir como hasta ahora. Nada ha cambiado.

–Salvo que yo te he visto desnudo y tú me has visto desnuda. Trabajar contigo todos los días sería muy embarazoso –replicó Emma, apartando la mirada.

Lucas se encontró observándola atentamente. Llevaba dos años trabajando para él, pero nunca la había visto en realidad.

O tal vez no había querido verla.

–Entonces, olvídalo. Y olvídalo pronto porque me temo que voy a tener que pedirte algo.

Ella se volvió, mirándolo con cara de sorpresa.

–¿Qué?

–Quiero que retrases tus vacaciones hasta el martes.

–¿Qué? No, de eso nada. No puedes hacer eso...

–Claro que puedo.

–Son mis vacaciones.

–Puedes tomarte vacaciones, pero unos días más tarde.

–¿Pero por qué? La semana que viene, estarás en Zubran.

–Necesito que vayas conmigo.

Había tomado la decisión al despertar, cuando revisó los documentos de la carpeta y se dio cuenta de lo que tenía por delante. Por razones personales, hubiera sido mejor despedirse de ella, por razones profesionales la necesitaba a su lado.

Emma lo miró, boquiabierta.

–¿Quieres que vaya contigo a Zubran? ¿Al desierto?

–Desierto, costa, palmeras, arena y sol. Todo eso que no vas a encontrar en un invierno inglés. Ni en un verano inglés –dijo Lucas. No había esperado que se negase porque Emma nunca discutía sus órdenes. Normalmente, anticipaba todas sus necesidades con una eficacia indiscutible–. Y aunque estarás trabajando la mayor parte del tiempo, también habrá ratos para ir a la piscina... sola, claro.

–¿Te importaría dejar de repetir que solo ha sido una noche y que no va a repetirse? Lo sé perfectamente. Es muy desagradable, como si de repente creyeras que me he convertido en una acosadora.

–Solo intentaba explicarte que vamos a trabajar, pero también podrás relajarte –mientras lo decía, Lucas se preguntó si conocería el significado de esa palabra. Parecía que desde muy joven su vida había estado llena de responsabilidades–. La reunión es mañana y la fiesta el domingo por la noche. Entre tanto, tengo que hacer entrevistas y quiero que las coordines.

–Ya sé que tienes una reunión, por eso te traje la carpeta. Y también sé lo de la fiesta. No he hablado de otra cosa con Avery Scott durante seis meses y puedo recitar de memoria la lista de invitados y los platos que se servirán.

–Por eso precisamente necesito que vayas conmigo.

–¿Que vaya contigo a la fiesta? Pensé que me necesitabas para las reuniones.

–He recibido un email del grupo Ferrara esta mañana. Vamos a hablar sobre la construcción de otro hotel en Sicilia porque han encontrado una parcela que les interesa y quieren que les dé ideas.

–Sí, muy bien, pero no entiendo por qué quieres que vaya a la fiesta. No tengo nada que hacer allí.

–Es una oportunidad para mostrar nuestro trabajo, hablar con posibles clientes, responder preguntas sobre la estructura y el diseño del hotel... no puedo ir solo.

–Podrías llevar a Tara.

–Tara y yo hemos roto.

–Ah, lo siento.

Pero Lucas no lo sentía en absoluto. Rompía relaciones frecuentemente y ni una sola vez lo había lamentado.

Pero, a juzgar por su expresión, ella lo lamentaba por los dos.

–¿Estabas enamorado de Tara?

–No –respondió Lucas–. Y ella no estaba enamorada de mí. Salgo con mujeres que no están interesadas en el amor porque eso no es algo que yo pueda ofrecer.

–Debo admitir que no parece que te haya roto el corazón.

–Yo no tengo corazón, Emma. No te hagas ilusiones.

–Lo estás haciendo otra vez.

–¿Qué?

–Advirtiéndome, como si tuvieras que recordarme constantemente que lo de anoche no va a repetirse.

–Te pido disculpas. No volveré a decirlo.

–Me alegro porque te aseguro que a mí me gustaría volver atrás, como si lo de anoche no hubiera ocurrido nunca. Solo quería saber que no estabas disgustado por lo de Tara.

–No estoy disgustado.

Y tampoco estaba acostumbrado a que la gente se preocupase tanto por él. Por eso no le contó que había recibido un mensaje de Tara pidiendo disculpas y suplicando que la llevase a la fiesta. No le contó que después de lo que había pasado la noche anterior no habría llevado a Tara aunque fuese la última mujer en el planeta. No le contó que nunca se disgustaba cuando rompía una relación.

No le contó que le faltaba algo.

–Tara se llevará una desilusión. Imagino que le habría gustado conocer a toda esa gente tan famosa.

En una sola frase había descrito a Tara Flynn.

–Seguramente.

–Pero sigo sin entender por qué me necesitas a mí.

Los dos sabemos que en un sitio lleno de mujeres guapas tú no estarías solo ni cinco minutos.

–No estaré solo, tú estarás conmigo.

–Por favor, no me pidas esto. No solo por lo que pasó anoche sino porque mi familia me espera en casa. Angie tiene planes para esta noche y Jamie me necesita.

–Yo también –dijo Lucas–. Viniste hasta aquí porque sabías que esos papeles eran importantes y también sabes lo importante que es esa inauguración.

–¿Vas a aprovecharte de mí porque soy profesional? Eso no es justo. Jamie toma parte en una obra navideña y voy a estar en su colegio el miércoles pase lo que pase.

–Muy bien. Volveremos a Londres en el jet el miércoles por la mañana, pero estarás agotada porque la fiesta acabará muy tarde.

–¿Se te ha ocurrido pensar que esto podría ser un error? Yo no voy a fiestas... la última vez que tomé una copa fue en casa de los vecinos, en Nochebuena.

–Eso da igual.

–Pero no tengo nada que ponerme.

Lucas pensó en ella a la luz de la chimenea, el pelo extendido sobre la alfombra... pero no debía pensar en eso.

–No te estoy pidiendo que te presentes a un concurso, solo que estés a mi lado durante la fiesta. Además, la gente habla contigo antes de hacerlo conmigo y para mucha gente tú eres el primer contacto en la empresa. Quiero que te conozcan.

Emma suspiró.

–No puedo creer que me pidas eso. No es razonable.

Lucas pensó que lo mejor era que estuviese enfadada con él. Con un poco de suerte, el enfado suplantaría a otra emoción, más peligrosa, y la verdad era que la necesitaba en Zubran.

–Yo nunca he dicho que fuese razonable.

–No, desde luego. Eres despiadado, egocéntrico y frío como el hielo.

–Todo eso es verdad –Lucas no perdió el tiempo disculpándose ni le contó por qué era así.

–Yo no sé nada sobre Zubran. Ni siquiera sé muy bien dónde colocarlo en el mapa.

–Es un sultanato, un país próspero y progresista debido a la influencia del príncipe heredero. Mal es muy inteligente y carismático. Las mujeres lo adoran y a ti también te gustará, así que puedes relajarte.

–¿Mal?

–El diminutivo de Malik.

–¿Tratas al príncipe con tanta familiaridad?

–Fuimos juntos a la universidad –respondió Lucas.

–Pero yo no conozco a esa gente y no sabría de qué hablar con ellos. Por favor, dime que tiene una simpática esposa.

–No, aún no. Y es un tema espinoso, te aconsejo que no lo menciones.

–¿Por qué? ¿Está divorciado? ¿Quiere una esposa y no puede encontrarla?

–Hay alguien en su vida, pero... –Lucas no terminó la frase, sabiendo que no había nadie menos capacitado que él para hablar de relaciones–. Da igual. Digamos que el deber para Mal es más importante que la devoción. Y, siendo el príncipe heredero de Zubran, supongo que es normal.

–¿No puede casarse por amor? –la inocente pregunta lo hubiera hecho sonreír si las circunstancias fueran diferentes.

—No, no puede. Y probablemente gracias a eso, cuando encuentre una esposa adecuada la unión será un éxito.

Emma inclinó a un lado la cabeza.

—Pero yo voy a ser un fracaso en esa fiesta porque no sabré de qué hablar con esa gente. Además, no sé nada sobre la política de Zubran. ¿Y si dijera algo inapropiado?

Cualquier otra mujer de su círculo se hubiera muerto antes que reconocer que una fiesta de ese estilo estaba por encima de sus capacidades.

—No dirás nada inapropiado. Y si lo haces... —Lucas se encogió de hombros— Mal y yo somos amigos, así que me dejaría pagar una fianza para sacarte de la cárcel.

Emma hizo una mueca.

—Tendré que llamar a mi hermana. Angie tiene a Jamie toda la semana y confía en mí para poder hacer su vida los viernes y sábados. Se llevará un disgusto cuando le diga que tengo que irme.

—Y, sin embargo, eres tú quien trabaja horas y horas para llevar dinero a casa —Lucas no siguió al ver que Emma fruncía el ceño. ¿Quién era él para criticarla? Él no sabía absolutamente nada de las familias, de modo que no podía dar consejos o hacer críticas de ningún tipo—. Dile que volverás el miércoles con un buen cheque por tu trabajo. La verdad es que no hubieras podido volver hoy de todos modos. Las carreteras alrededor del castillo están imposibles y las palas quitanieves solo pasarán por aquí cuando hayan terminado de limpiar la autopista.

–¿No puedes pedirles que vengan antes? –la inocente fe de Emma en su poder e influencia casi lo hizo sonreír.

–Podría contratar gente para que limpiase la finca, pero hay muchos kilómetros de carretera y no puedo hacer milagros.

–¿Entonces cómo vamos a ir al aeropuerto?

–Un helicóptero vendrá a buscarnos –sabiendo por instinto cuándo debía presionar y cuándo retirarse, Lucas se dirigió a la escalera–. Llama a tu hermana. Nos vemos en la cocina... yo haré el desayuno.

–Muy bien, la llamaré –murmuró ella–. Pero me va a matar. Mientras no te importe tener eso sobre tu conciencia...

Lucas decidió no recordarle que él no tenía conciencia.

No fue una conversación fácil, tal vez porque por primera vez en la vida no estaba siendo sincera con su hermana.

–¿Te has quedado a dormir en casa de tu jefe? ¿Estás loca? ¿Es que no has escuchado ninguno de mis consejos? –el tono de Angela era seco y Emma sintió que le ardía la cara al imaginar su reacción si supiera la verdad.

–No me ha quedado más remedio. Las carreteras estaban cubiertas de nieve. Angie, ¿te acuerdas de un proyecto del que te hablé hace poco, el resort de Zubran?

–Sí, claro, ha salido en las noticias. Dicen que es una estructura fabulosa y que tu jefe es un genio, pero nadie cuenta que le importan más los edificios que las personas. Recuerda eso, Emma. Tu jefe es un mujeriego sin corazón, incapaz de mantener una relación seria con nadie.

No era incapaz, sencillamente no quería. Había sufrido tanto que no estaba dispuesto a arriesgarse de nuevo.

–¿A qué hora crees que llegarás a casa? –le preguntó Angie.

–Por eso te llamo –Emma cerró los ojos–. Tengo que irme con él a Zubran. No sabes cuánto lo siento... pero te compensaré, lo prometo.

–¡No puedes hacerme eso! Esta noche tengo la fiesta de los profesores.

–Lo sé –asintió Emma–. Voy a llamar a Claire para pedirle que se quede con Jamie, así podrás salir.

–¿Claire?

–¿Por qué no? Es mi mejor amiga y adora a Jamie. Lo siento, Angie, sé que no lo esperabas, pero solo serán unos días. Lucas me necesita.

–¿Ahora, de repente? ¿Qué estás haciendo?

–Mi trabajo, estoy haciendo mi trabajo.

–¿Seguro que es solo trabajo?

–Pues claro –respondió Emma–. Sé lo que piensas y te equivocas.

–Lucas Jackson es rico, guapo y soltero. ¿Me estás diciendo que nunca lo has visto como un hombre?

–Es mi jefe y lo miro como tal.

Además, no siempre había sido soltero. Había habido una mujer en su vida con la que tuvo una hija, la niña que había perdido. Su aversión al compromiso no era la actitud de un frívolo sino la de un hombre que había cerrado su corazón.

–Deja de preocuparte por mí. Siento mucho lo del fin de semana, pero no puedo evitarlo.

–No, claro que no. Tienes que ir urgentemente al otro lado del mundo mientras yo tengo que quedarme con Jamie.

–¡No digas eso! –fue Emma quien levantó la voz en esa ocasión–. No digas que *tienes* que quedarte con él. Jamie podría oírte y sé que no lo dices de corazón.

–Puede que sí. A ti te da igual, tú vives toda la semana en Londres mientras yo tengo que quedarme en casa con un niño que no es hijo mío.

Acostumbrada a los exabruptos de su hermana, Emma respiró profundamente.

–Llamaré a Claire para que se quede con él y tú puedas ir a esa fiesta. Pero, por favor, ve a darle un abrazo a Jamie.

–Esta mañana se ha portado fatal y no me apetece darle un abrazo.

Emma tuvo que morderse la lengua. Sabía que quería a Jamie, pero su hermana estaba amargamente resentida por el impacto que el niño había tenido en sus vidas.

–¿Has elegido lo que vas a ponerte esta noche? –le preguntó, para cambiar de tema.

–El vestido rojo que me puse las navidades pasadas.

–¿El que lleva esa tira de encaje? Te queda fenomenal. Espero que conozcas a un chico guapísimo.

–Aunque lo conociera, saldría corriendo en cuanto supiera que soy responsable de un niño de nueve años –replicó Angie–. Bueno, tengo que hacerle el desayuno... y por cierto, gracias por hacer tortitas el sábado pasado, ahora no quiere otra cosa.

–Se hacen enseguida, mujer. Nosotros las hacemos juntos. Jamie hace la mezcla y yo...

–Jamie organiza un jaleo enorme en la cocina y yo tengo que trabajar el doble –la interrumpió su hermana–. Y hablando de trabajo, voy a darle la noticia de que la hermana buena no vendrá a casa este fin de semana.

–Yo no soy la hermana buena –replicó ella, dolida. Si hubiera visto lo que había pasado por la noche frente a la chimenea, sabría que eso no era cierto en absoluto–. Tú también eres buena, Angie. Lo que pasa es que estás cansada y es comprensible.

–Deja de ser tan razonable.

Emma se mordió los labios.

–Volveré el martes. Que lo pases bien en la fiesta.

Angela exhaló un suspiro.

–Lo siento –murmuró–. Me estoy portando como una bruja.

Sí, pensó Emma, a veces.

–Te has llevado una desilusión, pero prometo que cuando vuelva te compensaré.

–¿Qué vas a ponerte para esa fiesta tan elegante?

–No tengo ni idea. Supongo que tendré que comprarme un vestido.

–Dime que no estás soñando con ser Cenicienta.

Emma miró la cama con dosel y las cortinas de terciopelo. Luego miró la alfombra frente a la chimenea...

Durante unas horas se había sentido como una mujer deseable, irresistible incluso. Ni la hermana de nadie, ni la ayudante de nadie, solo una mujer. Pero cerró los ojos, intentando apartar de sí tal pensamiento.

–¿Puedo hablar con Jamie?

–Está en la ducha –respondió Angie–. Le he dicho que podía ir a casa de Sam a jugar. Imaginaba que tardarías en llegar y no quería que estuviera horas y horas delante de la ventana.

—Dile que lo quiero mucho y que lo llamaré más tarde.

—¿Debo recordarte que los romances en la oficina solo dan problemas?

—No tienes que recordármelo, ya lo sé.

—Si pierdes tu trabajo...

—No voy a perder mi trabajo.

Después de cortar la comunicación, Emma se sentía deprimida. Entendía por qué Angela se portaba de ese modo, pero resultaba difícil lidiar con su airada actitud.

No se le ocurría nada peor que perder su trabajo, pero tampoco imaginaba nada más horrible que pasar unos días con Lucas después de lo que había pasado.

Lo que necesitaba era espacio y tiempo para aclarar sus ideas. Tenía que convencerlo para que la dejase ir.

¿Pero cómo iba a hacerlo? ¿Qué haría que Lucas Jackson quisiera alejarse de una mujer? La respuesta apareció casi inmediatamente y Emma esbozó una sonrisa.

Sí, pensó. Eso.

Capítulo 6

EMMA fue a buscar a Lucas, intentando sacudirse el sentimiento de culpa que ensombrecía casi cada conversación con su hermana.

Lo encontró en una cocina que parecía sacada de una revista de decoración. De hecho, el castillo podría ser un sitio acogedor, pensó. Debería estar lleno de niños y perros.

¿Lo habría comprado con ese propósito?, se preguntó.

No dejaba de hacerse preguntas, pero todas eran de naturaleza personal y su relación con Lucas debía ser lo menos personal posible, de modo que intentó apartarlas de su cabeza. Además, él no respondería a pregunta alguna. La revelación de la noche anterior se la había arrancado solo porque tenía la fotografía en la mano.

Lucas levantó la cabeza al oírla entrar y Emma se dio cuenta de que estaba a la defensiva.

–Mientras estaba arriba he pensado en lo que pasó anoche.

–¿Y bien?

–Sé que no quieres escuchar esto, pero... creo que te quiero –Emma se preguntó si le habría dado a la frase un tono demasiado dramático–. Completa, totalmente, con todo mi corazón y para siempre. Estaba guardándome para el hombre ideal y me he dado cuenta de que ese hombre eres tú. Es horrible sentir esto, pero es lo que siento. No sé qué pasaría si estuviéramos juntos un par de días... imagino que no podría evitar echarte los brazos al cuello y besarte a cada momento.

Lucas guiñó los ojos.

–Déjate de dramas, quiero que vayas conmigo a Zubran.

–Pero te quiero. Loca, apasionadamente.

–Da igual cuánto «me quieras». No volverás a casa hasta que el trabajo esté terminado.

Emma se dejó caer sobre una silla.

–Sabes que eres muy poco razonable, ¿verdad?

–Exigente sí, poco razonable no.

«Exigente».

Había sido exigente cuando prácticamente la tiró sobre la alfombra de la habitación y la desnudó. Había sido exigente cuando le hizo el amor...

Emma intentó desesperadamente no pensar en ello.

–¿Sabes que cuando una mujer dice que te quiere parece como si fueran a sacarte una muela? Pues voy a decírtelo cada cinco minutos, hasta que me ruegues que vuelva a casa.

–Tienes un sentido del humor muy retorcido.

Lucas se había remangado el jersey y la mirada de Emma cayó sobre sus fuertes antebrazos, recordando cómo la había abrazado por la noche...

Aquello era imposible. Totalmente imposible.

–¿Café?

–Sí, gracias.

–¿Qué ha dicho tu hermana?

–Se ha mostrado encantada –Emma tomó un sorbo de café–. Ha dicho algo así como: «genial, no quería salir y pasarlo bien, así que haz lo que quieras y no te preocupes por mí».

Lucas esbozó una sonrisa.

—Veo que no se lo ha tomado demasiado bien.

—No, pero le he estropeado el fin de semana, así que lo comprendo. Depende de mí para poder salir con sus amigos.

—Tiene que haber otras opciones, algún pariente, una niñera.

—No tenemos parientes y nunca hemos contratado niñeras. Yo solo veo a Jamie los fines de semana y no quiero llegar a casa para marcharme enseguida.

—¿Esas son tus palabras o las de tu hermana?

Emma dejó la taza sobre la mesa. Para ser alguien que decía no estar interesado en los demás era increíblemente perceptivo.

—Las de mi hermana, pero tiene razón. Angie pensaba ir a una fiesta esta noche, así que he hablado con una amiga para que vaya a cuidar de Jamie. Pero no lo he hecho nunca y la verdad es que no me gusta.

—Durante la semana tienes que atenderme a mí y los fines de semana tienes que cuidar de Jamie y de tu hermana. ¿Y tú?

—¿Yo qué?

—¿Cuándo lo pasas bien, cuándo piensas en ti misma?

—Yo quiero mucho a mi familia —respondió Emma. Sabía que estaba juzgando a Angie y no quería que lo hiciera porque, en realidad, era más duro para su hermana que para ella.

—¿Angie siempre te hace sentir culpable?

—No es culpa suya. Llevar una familia es complicado... bueno, ya sabes.

Después de decirlo se arrepintió. Tal vez nunca había tenido una familia... en la fotografía estaba con una niña, pero no había una tercera persona. Claro que esa tercera persona podría haber sido quien hizo la foto.

Se preguntó entonces quién sería. ¿Alguien a quien amaba o una extraña?

Sintiendo frío de repente, Emma se levantó para mirar alrededor. Si le hubieran pedido que diseñase su cocina ideal, habría sido aquella. Tal vez hubiera añadido algún toque femenino, flores recién cortadas en el jarrón azul que había sobre el alféizar, por ejemplo, o fruta en el cuenco sobre la mesa. Pero serían toques pequeños, sin mucha importancia.

Podía imaginar a Jamie haciendo los deberes en la mesa mientras ella mezclaba los ingredientes para una tarta. Podía imaginarse a sí misma encendiendo velas para una cena íntima...

Podía imaginar a Lucas, oscuro y peligroso, tirado en un sillón mientras le hablaba de lo que había hecho aquel día.

—¿Te gusta mi cocina? —la voz de Lucas interrumpió sus pensamientos.

—Estoy planeando lo que voy a hacer cuando me mude —bromeó ella—. Unos toques femeninos aquí y allá... flores, tazas con corazoncitos. Y, por supuesto, te diría que te quiero cada minuto hasta que te acostumbrases.

—Ya.

—¿Siempre pones esa cara de susto cuando alguien te dice «te quiero»?

—No tengo ni idea. Nadie me lo había dicho antes.

—¿Nunca? ¿Ninguna de las mujeres con las que has salido?

–No.

–¿Por qué?

–Porque las hubiera dejado inmediatamente. No salgo con ese tipo de mujeres.

¿Y la madre de su hija? ¿No había estado enamorado de ella? Las preguntas daban vueltas en su cabeza, pero no las hizo en voz alta.

¿De verdad iba a fingir que nunca lo había encontrado guapo? No sería cierto. Desde el principio le había parecido increíblemente atractivo, pero era su jefe y no estaba a su alcance. Además, ni una sola vez en los dos años que llevaba trabajando para él había dado indicación alguna de que se hubiera fijado en ella como mujer.

Pero la situación había cambiado, ¿no? Y por eso se sentía tan incómoda. Tal vez sería diferente cuando estuvieran con más gente, pero estar solos era tan... íntimo.

Y, sin embargo, seguían siendo extraños. Íntimos extraños.

No podía deshacer lo que había hecho y en aquel momento sabía cosas que no había sabido antes. Sabía que tenía una hija a la que había querido mucho y que se culpaba a sí mismo de su muerte.

Sabía que estaba dolido.

Decía no tener corazón, pero ella sabía que no era cierto. Tenía un corazón, pero uno roto. Y sin conocer la historia, sabía por intuición que estaba equivocado. Él no podía ser responsable por la muerte de su hija.

–¿Emma?

Ella dio un respingo.

–Perdona. ¿Qué decías?

–Te he preguntado si tienes hambre –Lucas había

abierto la nevera y Emma se encontró mirando el movimiento de sus músculos bajo el jersey negro, sintiendo una oleada de calor que la dejó sin aliento.

–Hambre es decir poco –murmuró–. Ahora mismo podría comerme un camello. Y supongo que tal vez tendré que hacerlo si insistes en llevarme a Zubran.

–Yo estaba pensando más bien en una tortilla –Lucas se volvió y sus ojos se encontraron. La tensión entre ellos era como algo vivo.

–Sí, una tortilla estaría bien. ¿Dónde puedo encontrar un cuenco?

–¿Crees que necesito ayuda?

–Lo siento, es la fuerza de la costumbre. Normalmente suelo cocinar en casa y estoy enseñando a Jamie... es una de las cosas que hacemos juntos los fines de semana. Los sábados hacemos tortitas para desayunar y la semana pasada hicimos pizza. Hoy íbamos a hacer una tarta navideña... –estaba hablando por hablar, para llenar el silencio–. Por tu culpa no habrá tarta navideña, pero no tienes por qué sentirte culpable.

–No me siento culpable –Lucas sacó una caja de huevos de la nevera.

Se había duchado, pero seguía sin afeitarse y la sombra de barba le daba aspecto de bucanero. Emma recordaba el roce de esa barba sobre su piel, el calor de su boca, la caricia de sus dedos...

Lo recordaba todo y aquello no podía ser.

Lo único que quería era poder estar en la misma habitación y no sentir aquello. Quería hablar con él sin pensar en lo que le había hecho con esa boca.

Quería mirarlo sin pensar en sexo.

Que él no estuviera pasando por el mismo tormento

era mejor, se dijo a sí misma, mucho mejor. Al menos uno de los dos estaba cuerdo.

Pero cuando Lucas apartó la mirada supo que no. Él sentía lo mismo y hacía lo posible por disimular.

Saber eso hizo que le temblasen las manos y se agarró a la taza como si fuera un salvavidas, con el corazón latiendo al galope.

–Háblame de este sitio. No esperaba que fueras el dueño de un castillo.

–¿Por qué no?

–Tú eres todo cristal, acero y diseño contemporáneo y esto debió ser construido por Enrique VIII –Emma parloteaba frenéticamente para disimular, pero Lucas sabía perfectamente lo que pasaba por su cabeza.

Y no iba a hacer nada al respecto.

Su autodisciplina era legendaria.

Salvo la noche anterior.

La noche anterior había perdido el control.

–Es anterior a Enrique VIII, pero con algunas reformas. Y es cierto que me gusta el diseño moderno y las técnicas y materiales modernos, pero eso no significa que no me gusten los edificios antiguos. La historia de este sitio es asombrosa. Además, no es solo mío –le dijo, mientras echaba los huevos en un cuenco y los batía como si fuera un experto–. Cuando salió al mercado, Mal, Cristiano y yo lo compramos. Es propiedad de una empresa que abrimos juntos.

–¿Mal, el príncipe? ¿Y Cristiano Ferrara, el propietario de la cadena de hoteles?

–Eso es –Lucas echó los huevos en la sartén–. Cuando hayamos terminado la restauración lo convertiremos en un exclusivo hotel.

–Ah, qué buena idea.

Emma sabía que tenía amigos poderosos, pero hasta aquel momento no había entendido cuánto.

–Ni siquiera sabía que vendieran castillos. ¿Cómo te enteraste?

–Le había echado el ojo hace tiempo.

–¿De quién era? Debió ser muy triste tener que vender un sitio como este.

El cambio en él fue visible e inmediato. Su rictus se endureció y Emma se dio cuenta de que había dicho algo equivocado.

–Fue construido por un rico mercader en el siglo XIV –respondió por fin– y permaneció en la familia hasta que el último de sus miembros se gastó todo el dinero en los casinos.

–Qué horror –Emma miró alrededor, intentando imaginar lo que habría sentido esa persona al perder el castillo–. Perder algo que ha pertenecido a tu familia durante siglos... pobre hombre.

–Ese pobre hombre era un egoísta, una miserable excusa de ser humano que usaba su dinero y su posición para conseguir lo que quería, así que no te compadezcas de él porque no lo merece. ¿Más café?

Ella lo miró, sorprendida. Era la primera vez que lo veía tan agitado.

–¿Quién era?

Lucas echó la tortilla en un plato.

–Mi padre. ¿Quieres más café o no?

–¿Tu padre?

–Eso es. Mi madre trabajaba para él. Dejó la universidad y empezó a catalogar una biblioteca que mi padre tenía prácticamente abandonada pensando que era el trabajo de sus sueños.

–¿Tu madre llevaba la biblioteca del castillo? –Emma no salía de su asombro.

–Trabajó durante quince años y tuvieron una aventura, pero él quería casarse con otra mujer, una con los apellidos adecuados. Así que mi madre perdió el trabajo, su casa y al hombre del que estaba enamorada. En mi opinión fue una suerte, pero ella no lo veía de ese modo.

Era la primera vez que hablaba de sí mismo, la primera vez que intercambiaba una confidencia con ella.

–De modo que tu madre tuvo una aventura con el jefe –murmuró Emma.

–Si estás haciendo la conexión que creo, te aseguro que no hay ningún parecido. La suya fue una larga relación supuestamente basada en el amor y la confianza mientras la nuestra...

–No hace falta que termines la frase –lo interrumpió ella–. Ya te lo he dicho diez veces: no espero que se repita lo de anoche.

–¿Seguro?

Emma no iba a confesarle que no podía dejar de pensar en él. Y tampoco podía admitir que no era sexo en lo que estaba pensando. Cuanto más sabía sobre Lucas Jackson, más cambiaba su opinión sobre él. Ya no le parecía el jefe frío y distante, sino un hombre con un triste pasado.

–Me encanta mi trabajo y nunca haría nada que lo pusiera en peligro. Si quieres que sea sincera, no puedo permitírmelo. Y tampoco estoy en posición de mantener una relación con nadie ahora mismo. No hay sitio para un hombre en mi vida. Aparte de que tú eres demasiado amargado y retorcido para mí.

Lucas pareció a punto de decir algo, pero Emma no

quería que lo dijera. Quería que dejase de hablar porque cuanto más cosas revelaba sobre sí mismo más personal se volvía la relación.

–De modo que tu madre quedó embarazada. ¿Y entonces qué pasó? –le preguntó, sin embargo.

–Que mi padre anunció que iba a casarse con otra mujer. No le hubiera importado tenerla como amante, pero no podía tener una amante con un hijo.

–De modo que tu madre se marchó de aquí.

–Mi madre nunca hubiera dejado su trabajo, así que mi padre tuvo que encontrar otra manera de librarse de ella –Lucas se sentó frente a ella y tomó el tenedor–. La acusó de robar unos libros. No solo la humilló públicamente sino que arruinó cualquier posibilidad de que encontrase otro trabajo. Hizo que lo odiase y la hizo odiarme a mí porque yo era el culpable de todo.

Emma tragó saliva.

–¿No podía haberlo denunciado o algo así? ¿No pidió ayuda?

–No sé qué pasó por su cabeza, tal vez habló con algún abogado, no tengo ni idea, pero en cualquier caso no sirvió de nada. Lo único que sé es que mi infancia fue horrible. Vivíamos en la habitación más pequeña que puedas imaginar... solo tenía una ventana que daba a una pared y nunca había luz –Lucas frunció el ceño–. Yo no podía entender por qué el arquitecto había puesto una ventana frente a una pared y fue entonces cuando empecé a soñar con hacer edificios llenos de luz.

–¿Tu padre nunca te reconoció?

–No, jamás. Y la ironía es que nunca tuvo más hijos, de modo que yo era su único heredero. ¿No te pa-

rece justicia poética? Él quería una familia y la trage-
dia es que la tenía, pero no quiso reconocerla. Pero no
estás comiendo. ¿No te gusta la tortilla?

Emma estaba tan concentrada en la historia que había olvidado comer.

–¿Lo conociste?

–Cuando mi madre descubrió que no tenía herede-
ros decidió que yo merecía ser reconocido como tal
–Lucas hizo una mueca–. O tal vez esperaba que mi
padre me aceptase y recuperar su puesto aquí.

–¿Viniste a verlo?

–Sí, pero no porque quisiera su cariño sino para decirle lo que pensaba de él. Y su respuesta fue que le
daba igual, que el castillo Chigworth nunca sería mío.
Entonces tenía trece años y estaba tan furioso que le
di un puñetazo...

–Lucas...

–Y luego le dije que no lo necesitaba para nada
porque tarde o temprano el castillo sería mío. Mi padre soltó una carcajada. Que un chico tan flaco y tan
poca cosa lo amenazase... pero no reía el día que fir-
mamos la escritura de compra-venta. Cristiano Ferrara
fue quien hizo la oferta, de modo que mi padre no sabía quién lo había comprado hasta que estuvo ven-
dido. Aunque habría dado igual, se había gastado todo
su dinero y no estaba en posición de rechazar la oferta.
Pero no me hubiera extrañado que quemase el castillo
para que no cayera en mis manos.

–¿Cuándo fue eso?

–Hace ocho años. Entonces yo tenía veintiséis y mi
carrera estaba empezando a despegar.

–La galería de arte en Roma.

Él enarcó una ceja.

–¿Has leído mi biografía?

–Trabajo para ti, es mi obligación –respondió Emma–. Además, envío tu biografía a posibles clientes todos los días.

Con esa frase le recordaba la naturaleza de su relación y el ambiente cambió por completo.

–Sí, claro –asintió él–. Y por eso tienes que ir conmigo a Zubran, porque sabes todas esas cosas –murmuró, frío y distante, mientras sacaba el móvil del bolsillo–. Estoy esperando un mensaje de Dan.

Dan era su piloto y Emma solía hablar con él a menudo.

–¿El aeropuerto está abierto? Con esta nevada no estoy tan segura.

–Sí –respondió él–. Han limpiado una de las pistas y, según el informe meteorológico, no habrá más nieve por hoy. El helicóptero vendrá a buscarnos en una hora... imagino que tienes tu pasaporte.

La conversación había pasado de personal a profesional en un segundo, pero Emma no dijo nada. Lo sorprendente no era que dejase de hablar de su pasado sino que lo hubiera hecho. Estaba abriéndole una parte de sí mismo que siempre mantenía escondida y empezaba a verlo de otro modo. Sabía mucho más que el día anterior y sospechaba que a Lucas le gustaría que no fuera así.

Pero iba a olvidarlo, se juró a sí misma, y seguiría trabajando como si no hubiera pasado nada.

–Llevo mi pasaporte –asintió. Lo llevaba siempre en el bolso porque en alguna ocasión Lucas le había pedido que fuese con él a Roma o a París sin previo aviso, pero siempre volvían a Londres en el mismo día–. No tengo ropa e imagino que no hay tiempo para ir a mi casa.

–No, no hay tiempo. Iremos de compras mañana, antes de la reunión.

–¿Tengo que esperar hasta mañana?

–Son siete horas de vuelo, así que será de noche cuando lleguemos e imagino que te irás a dormir temprano... ya que anoche no dormiste mucho.

Emma sabía que no debía reaccionar ante esa frase. Debía tratar lo que había pasado con la misma informalidad que lo hacía él.

–Pero imagino que en Zubran las tiendas serán muy caras.

–Avery podrá aconsejarte.

–Conozco a Avery y sé que su presupuesto y el mío son muy diferentes.

Y podía imaginar la reacción de su hermana si se gastaba una pequeña fortuna en un vestido que solo iba a ponerse una vez en la vida.

–No te preocupes por eso, lo pagaré yo.

–No, de eso nada –protestó ella, levantándose–. Por si no te has dado cuenta, yo no soy Tara.

–Lo cargaré a la cuenta de la empresa porque es un asunto de trabajo, Emma. No te lo ofrezco porque nos hayamos acostado juntos.

Lucas había olvidado por un momento que la suya era una relación profesional y lo lamentaba, Emma estaba segura. Porque lo personal y lo profesional se habían mezclado y ya no había forma de separar ambas cosas.

–Gracias por aclararlo, pero no necesito que me compres nada.

Él la miró en silencio durante unos segundos, con un brillo cínico y cansado en sus ojos azules.

–Ahora mismo, que te compre o no te compre un

vestido es el menor de nuestros problemas, ¿no te parece?

Creía que aquello no tenía remedio, pensó Emma. Pero, decidida a demostrar que podían hacerlo, que no iba a pasar nada, irguió los hombros.

—Yo no tengo ningún problema. ¿Y tú?

Zubran era un sultanato del Golfo Pérsico rico en petróleo, de modo que Emma había esperado arena. Lo que no había esperado era la fascinante mezcla de dunas doradas, montañas y costa. Mirar el paisaje desde la ventanilla del jet privado era una distracción... además, no había nada que pensar. Trabajaba para él y si quería seguir haciéndolo tenía que calmarse.

La ayudó mucho que desde que subieron al avión de la empresa Lucas hubiera vuelto a ser el de siempre, concentrado en el trabajo y nada más.

Solo eran unos días, se decía a sí misma. Un par de días y volvería a casa. Después, solo tendrían que verse en la oficina y todo sería más fácil.

—Abróchate el cinturón, estamos a punto de aterrizar —murmuró Lucas.

—Lo sé, estaba mirando el paisaje. Pero esperaba ver un gran desierto.

—Zubran tiene muchos kilómetros de costa y los turistas vienen a bucear, por eso he incorporado el fondo del mar en el diseño del hotel.

Emma vio un catamarán bailando sobre las olas mientras el avión aterrizaba.

—¿El hotel está muy lejos del aeropuerto?

—A media hora. Los Ferrara nunca construyen hoteles en grandes ciudades, ya lo sabes. Les gusta el aire fresco y la vida sana –respondió Lucas, levantándose del asiento–. Bueno, vamos a ver si mi hotel sigue en pie.

El corto paseo hasta la limusina que los esperaba en la pista dejó claro que tendría que ir de compras. El jersey que llevaba era perfecto para el invierno inglés, pero en Zubran hacía mucho calor y estaba empezando a sudar.

A la izquierda de la autopista, las dunas pasaban del dorado al rojo a medida que se ponía el sol y a la derecha, las cálidas aguas del océano Índico brillaban como un millón de joyas sobre una alfombra de terciopelo azul.

El cambio de clima le parecía algo surrealista después de la nevada del día anterior y, sabiendo que en cuanto saliera del coche se derretiría, Emma miró su reloj.

–¿Crees que tendré tiempo para comprar algo de ropa? Necesito algo que no sea de lana.

–No, esta noche no. Le he pedido a Avery que comprase algo y lo dejase en tu habitación, pero mañana irás con ella de compras. Después de la reunión podrás echarte una siesta, si quieres.

–¿Echarme una siesta? ¿Ahora tengo tres añitos?

Lucas disimuló una sonrisa.

–Mañana será un día muy largo.

–No necesito descansar, la adrenalina me pondrá en marcha –Emma sintió un cosquilleo de emoción.

¿Era patético emocionarse porque iba a ir a una fiesta? Debería estar pensado: «qué aburrimiento, trabajar cuando debería estar de vacaciones».

Pero en lugar de eso pensaba: «yupi, una fiesta».

Claro que no era cualquier fiesta sino la fiesta más

esperada del año, una a la que muchísima gente se pe-
gaba por acudir.

Perdida en sus pensamientos, no se dio cuenta de
que habían dejado la autopista hasta que levantó la mirada y allí, delante de ella, levantándose directamente
sobre el mar, vio una preciosa estructura de cristal en
forma de caracola.

Por supuesto, había visto los planos y la maqueta
del hotel, pero eso no la había preparado para verlo de
cerca.

–Vaya.

–¿Después de tanto trabajo tu respuesta es «vaya»?
Esperemos que mañana el público muestre un poco
más de entusiasmo.

–He dicho «vaya» porque no encontraba palabras,
no porque no sienta entusiasmo. Además, no creo que
mi aprobación signifique mucho para ti.

–Tal vez sí –Lucas lo había dicho en voz baja y
Emma se volvió para mirarlo, con el corazón acele-
rado.

«Profesional, debes ser profesional».

–En ese caso, debes saber que me parece fabuloso.
No debe ser fácil diseñar un hotel que está entre el mar
y el desierto.

–A pesar de estar cerca del desierto, puede hacer
mucho frío por las noches, aunque no tanto como en
Oxfordshire. La circulación del aire y la humedad
eran un reto, además del tipo de suelo, pero al final ha
salido bien.

En la entrada del hotel fueron recibidos por una
preciosa joven vestida de uniforme.

–Bienvenido, señor Jackson. Espero que haya tenido un viaje agradable –la joven miró a Emma–.

Bienvenida al resort Ferrara de Zubran. Soy Aliana, la directora de Relaciones Públicas. Espero que su estancia aquí sea agradable, pero si necesita algo, cualquier cosa, solo tiene que pedirlo.

Miraba a Lucas al decir eso y, a juzgar por su expresión, podría pedir cualquier cosa, pensó Emma, sintiendo una oleada de celos totalmente inapropiada.

–Aliana, te presento a Emma Gray, mi ayudante.

–Encantada –a pesar de la sonrisa, estaba claro que la joven consideraba que «ayudante» era sinónimo de otra cosa–. Síganme, por favor. Ya tenemos la suite preparada y el señor Ferrara me ha pedido que le diera un mensaje.

–¿Un mensaje?

La joven se aclaró la garganta.

–El mensaje es: «dile que se alojará en la suite presidencial y que si hay goteras nunca volveré a trabajar con él». Esas fueron sus palabras, yo solo repito el mensaje. Y estoy segura de que no habrá ninguna gotera, señor Jackson.

Mientras recorrían el vestíbulo del hotel y bajaban por una pequeña pendiente, Emma estaba a punto de preguntar por qué iba a tener goteras la suite presidencial. Pero entonces Aliana marcó un código que abría unas puertas de cristal y se encontró en la sala más hermosa que había visto nunca.

–¡Estamos bajo el agua! –exclamó, al ver peces de colores nadando frente a ella–. Es asombroso, como estar dentro de un acuario.

No había visto eso en el proyecto... o tal vez sí, pero no había reparado en ello. Siempre estaba tan ocupada que no tenía tiempo de apreciar lo innovador del trabajo de Lucas.

–No está todo bajo el agua, solo esta sala –dijo él, volviéndose hacia la joven–. Pero le dije a Cristiano que él debía ocupar esta suite.

–El señor Ferrara ha venido con toda su familia, incluyendo sus hijas pequeñas, y el equipo de seguridad ha decidido que la suite Coral era mejor para ellos porque está más cerca de la piscina. Y, después de todo, usted es el invitado de honor ya que ha diseñado el hotel.

–Ya veo –Lucas dejó el maletín en el suelo–. ¿Y cuándo llegará el príncipe?

–Su Alteza quería reunirse con ustedes para cenar, pero ha tenido que atender a una delegación de Al Rafid, de modo que vendrá mañana a la fiesta. Como sabe, muchos miembros de casas reales y celebridades mundiales se reunirán en el hotel –sonriendo, la joven le entregó un objeto que parecía un mando de televisión–. Todo está controlado por medio de la voz... pero no tengo que decírselo a usted, claro.

Emma estaba tan ocupada mirando de un lado a otro que apenas escuchaba la conversación, pero eso no le pasó desapercibido. Nunca había estado en un sitio tan lujoso. El uso del cristal la hacía sentir como si estuviera dentro del agua y la decoración reflejaba el mar, con suaves sofás de piel azul y el suelo cubierto por alfombras de temas marinos.

–¿Controlado por medio de la voz? –repitió cuando la joven los dejó solos–. ¿Qué está controlado por medio de la voz?

–Las luces, las persianas, la seguridad, el estéreo. Puedes hacerlo todo sin levantarte de la cama.

–Entonces si digo: «música»... –las hermosas notas de una sonata de Chopin llenaron la habitación–. ¡Qué maravilla!

Lucas reaccionó enarcando una ceja.

–Puedes pedir la canción que hayas programado. Y también puedes subir y bajar el volumen solo con decirlo. Bueno, cámbiate de ropa, voy a llevarte a cenar.

Era lo último que Emma esperaba que dijese. Desde que subieron al avión, Lucas había intentando mantener cierta distancia, alejarse de ella. Aparte de sus confesiones en la cocina, su relación había vuelto a ser la de jefe y secretaria.

Pero iban a cenar juntos en aquel sitio tan romántico cuando el sol empezaba a ponerse...

Debería decir que no.

–No tengo nada que ponerme.

–Avery acaba de enviarme un mensaje confirmando que ha enviado ropa a tu habitación. Y vendrá a buscarte mañana para ir de compras.

–Pero...

–Seguro que habrá comprado algo decente para esta noche, no te preocupes.

Emma no estaba pensando en eso. Estaba pensando en la cena con él.

–¿Tú crees que es buena idea?

–¿A qué te refieres?

–A cenar juntos.

–Pues claro que sí –respondió él, mientras miraba su móvil–. El restaurante es la parte más compleja de la estructura y quiero ver si el resultado ofrece la experiencia que pretendía cuando lo diseñé.

¿La experiencia que pretendía?

Emma se quedó inmóvil, horrorizada al ver que había estado a punto de hacer el ridículo. Lucas no quería cenar con ella a la luz de las velas, solo quería ver el resultado de su trabajo.

Respiró profundamente, intentando disimular su decepción.

–¿Ocurre algo?

–No, nada, voy a cambiarme.

«Ya está bien», pensó mientras iba a su habitación. «Ya está bien».

Lucas no podía haberlo dejado más claro. ¿Dónde estaban su orgullo y su sentido común? A partir de aquel momento iba a pensar en él como su jefe y nada más. De ese modo, no solo conservaría su puesto de trabajo sino también su cordura.

Capítulo 7

L A SITUACIÓN era diez veces más delicada de lo que había anticipado. Había visto su expresión cuando dijo que iban a cenar juntos y, de inmediato, supo que era un error. Emma quería que la cena fuese algo más. A pesar de sus advertencias, seguía esperando que fuese algo más. Y él, que rompía el corazón de las mujeres con frecuencia sin que le importase un bledo, no quería romper el suyo.

Pero lo había hecho y Emma se había ido a su habitación. Y no se había movido de allí desde entonces.

Murmurando una palabrota, Lucas se pasó una mano por el cuello, preguntándose si estaría llorando. Y pensar eso lo turbó de una manera sorprendente.

¿Debería llamar a su puerta? Avery Scott era más que eficiente, de modo que el problema no sería la ropa. ¿Por qué tardaba tanto?

Como no quería empezar otra conversación personal, que solo empeoraría la situación entre ellos, decidió darle unos minutos más.

Inquieto, paseó por el salón de la suite y encendió la televisión para ver las noticias. Así tendrían algo que hablar durante la cena.

–Estoy lista –al escuchar la voz de Emma tras él, Lucas disimuló un suspiro de alivio al notar que era el tono de la mujer que conocía.

Pero cuando se dio la vuelta comprobó que no lo era. Aquella no era su ayudante.

Le había dado instrucciones a Avery para que le comprase ropa adecuada, pero no se había molestado en explicar que debía ser cómoda y práctica, no seductora. Él veía la cena como una oportunidad para hablar de trabajo, repasar el horario de las entrevistas y todos los demás detalles, de modo que esperaba un vestido oscuro y sobrio, algo que no llamase mucho la atención. Pero en lugar de eso, Emma había aparecido con un vestido rojo que no era ni discreto ni sobrio y que parecía acariciar sus curvas. Unas curvas que él recordaba con toda claridad porque lo habían excitado de inmediato y de una forma sorprendente.

Sabiendo que tenía un problema, Lucas respiró profundamente.

–No sabía que Avery iba a comprar algo tan... rojo. Debes estar furiosa.

Él estaba furioso y se preguntó si Avery lo habría hecho a propósito. No sería la primera vez que intentaba enredarlo con alguna mujer.

–¿No te gusta?

–No es muy práctico.

–Solo vamos a sentarnos para cenar, no tiene que ser práctico –Emma, sin darse cuenta del trabajo que le costaba apartar la mirada, se pasó las manos por las caderas–. No es lo que yo hubiera elegido, pero es muy bonito. Lo que no entiendo es cómo Avery sabía mi talla... ah, se lo has dicho tú.

Si eso le daba vergüenza, no lo demostraba.

Lucas apretó los dientes. En lugar de ruborizarse, parecía encantada. Y verla pasar las manos por sus caderas hacía que recordase cómo lo había hecho él mismo unas horas antes...

Pero si había algo más peligroso que acostarse una vez con una mujer era acostarse dos veces.

—Si no te encuentras cómoda, puedo pedir al hotel que te suban otro vestido.

—¿Para qué? Además, no quiero ofender a Avery cuando por fin voy a conocerla en persona. Llevamos meses hablando por teléfono y nos hemos hecho amigas, pero aún no nos hemos visto —Emma se colocó un bolsito al hombro—. Solo es un vestido, Lucas. No veo por qué va a molestarte a ti si no me molesta a mí.

Pero a él sí lo molestaba.

Y mucho, pero no podía decirle eso sin que la conversación tomase un giro que estaba decidido a evitar.

—Si estás cansada y quieres cenar en tu habitación, lo entenderé.

—¿Cansada? No, en absoluto. Estoy deseando ver el restaurante y, además, no recuerdo la última vez que salí a cenar. Ya sé que es una cena de trabajo, no te preocupes —se apresuró a decir—, pero estoy deseando comer algo que no haya cocinado yo misma.

Su entusiasmo era encantador y Lucas no quería sentirse encantado. Todo eso era nuevo para él.

—En ese caso, vamos. Tenemos mesa reservada. ¿Puedes caminar con esos tacones?

Llevaba unos zapatos hechos para seducir, no para caminar. Antes de la noche anterior nunca hubiera imaginado a Emma con unos zapatos como esos, pero debía reconocer que servían para mostrar unas piernas fabulosas.

—Pues claro que puedo. He estado practicando en mi habitación. Mira —Emma empezó a caminar, haciendo un gesto de triunfo–. ¿Lo ves? Lo hago perfectamente. Todo es cuestión de apoyar el peso del cuerpo en la parte adecuada del pie.

Era diferente, pensó Lucas. Su piel brillaba, sus ojos brillaban, todo en ella brillaba...

Y entonces tropezó con la alfombra y cayó sobre él. Con rápidos reflejos, Lucas puso una mano en su hombro, clavando los dedos en su carne. Ese simple roce lo llevó a la noche anterior y, de repente, la deseaba de nuevo. Deseaba sus labios, su calor, su increíble cuerpo.

Sus bocas estaban peligrosamente cerca y él estaba a punto de hacerlo. Furioso consigo mismo por ser tan débil, estaba a punto de apartarse bruscamente cuando ella lo hizo con toda tranquilidad.

–Vaya, lo siento. Creo que necesito practicar un poco más –sin mirarlo, se ajustó el bolso al hombro–. ¿Nos vamos?

Y después de decir eso se dirigió a la puerta, el atrevido vestido rojo moviéndose alrededor de sus preciosas piernas.

Después de guardar el móvil en el bolso, Avery Scott se quitó los zapatos y se tumbó en el sofá en una sala privada de la exclusiva boutique.

–Perdóname, pero conozco bien estas fiestas y sé que si no me los quito tendré ampollas antes de que acabe la noche. Esta es mi última oportunidad de sentarme, así que cuéntame mientras esperamos que te traigan la ropa. Cuéntamelo todo.

–¿De verdad tienes tiempo para esto? –Emma se sentó a su lado, pensando que era muy agradable tener compañía femenina. Su vida era tan frenética que no tenía tiempo para hacer amistades.

–Pues claro que sí. ¿Te gustaron los zapatos de anoche?

–Me encantaron, pero era un poco como caminar con los pies en la boca de un cocodrilo.

Avery rio

–Eran divinos, sí.

–Es muy amable por tu parte venir conmigo, ¿pero no tienes un millón de cosas que hacer antes de la fiesta?

–Tengo gente y sé delegar. Pero ahora olvídate de los zapatos y dime qué tal te quedaba el vestido.

–Precioso... demasiado precioso. Lucas me miraba como si quisiera seducirlo.

–¿Y lo hiciste?

–No, claro que no.

–Ah, vaya. ¿Quieres hablar de ello?

–No, pero digamos que esta noche no me pondré un vestido rojo –Emma estaba bromeando, pero no tenía ganas de reír. Daba igual lo que hiciera, la relación entre ellos nunca volvería a ser la misma de antes–. Trabajo para él y necesito este trabajo, pero he metido la pata.

–¿Por qué has metido la pata?

–No quiero hablar de ello, pero vamos a elegir un vestido un poco más aburrido para no llamar tanto la atención.

–Yo no he elegido un vestido aburrido en toda mi vida y no sé si podría hacerlo aunque quisiera. Cuéntame qué pasa.

Emma necesitaba desahogarse con alguien, pero no se atrevía a hacerlo.

–Déjalo, no quiero cargarte con mis problemas.

–Se me da fenomenal solucionar los problemas de los demás, son los míos con los que no puedo hacer nada. Y tú no eres la primera mujer que se acuesta con su jefe.

Emma dejó escapar un suspiro, pero no se molestó en negarlo.

–Es un cliché horrible...

Y antes de que se diera cuenta de lo que estaba haciendo, le contó todo. Desde el viaje por las carreteras cubiertas de nieve al sexo sobre la alfombra y la bronca con su hermana. Lo que no mencionó fue a la hija de Lucas o que su padre no lo hubiera reconocido. Esa era información privada, el secreto de Lucas, no el suyo.

–Vaya –exclamó Avery, levantándose del sofá–. Llevas una vida llena de responsabilidades durante tanto tiempo y, de repente, una noche nevada, te sueltas el pelo. Qué romántico.

–No es romántico, es embarazoso e inconveniente. Y no todo en mi vida son responsabilidades, no es eso. Yo adoro a Jamie.

–No he dicho que no lo quieras, pero la verdad es que siempre lo has puesto a él por delante de ti misma. Eres muy diferente a las mujeres con las que Lucas suele relacionarse.

–¿Qué quieres decir?

–Que tú tienes los pies en la tierra y Lucas siempre evita a las mujeres como tú –Avery sonrió–. Y habéis pasado la noche juntos, qué interesante.

–No es interesante –insistió Emma–. De hecho, yo creo que más bien está aterrado. Cree que me he enamorado de él.

–Y es verdad.

–No, no estoy enamorada de él.

–Por eso te acostaste con él –insistió Avery–. Así que lo has asustado... pues estoy deseando verlo, nunca he visto a Lucas Jackson asustado.

–Está tan asustado que se pasó todo el día dejando claro que no iba a repetirse. Y estaba enfadado de verdad.

–Eso explica su reacción ante el vestido rojo.

–No, no es eso. Pensó que era demasiado frívolo.

–¿Tú crees? –su móvil empezó a sonar y Avery sonrió mientras lo sacaba del bolso–. Perdona un momento...

Mientras ella resolvía problemas de luces y fuegos artificiales, Emma pensó en lo serio de su situación. No estaba enamorada de Lucas. Sería una locura enamorarse de un hombre incapaz de amar. Su jefe, además.

Cuando la vio con el vestido rojo, Lucas había vuelto a ser el hombre distante de siempre y la cena había sido formal y aburrida. No podían volver atrás y tampoco parecían capaces de seguir adelante.

–Bueno, ¿dónde estábamos? –Avery volvió a guardar el móvil en el bolso–. Ah, sí, estabas diciendo que el vestido le pareció muy sexy.

–Yo no he dicho eso. He dicho que no le gustó.

–Le gustó demasiado.

–Trabajo para él y quiero seguir haciéndolo, pero tengo que dejar de sentir lo que siento.

Avery se encogió de hombros.

–Un hombre como Lucas Jackson aparece una vez en la vida. Si quieres un consejo: quédate con el sexo y busca otro trabajo. Problema resuelto.

Emma la miró, perpleja.

–Yo nunca elegiría el sexo por encima de la seguridad económica. Tú no lo entiendes...

–Soy hija de madre soltera, así que lo entiendo perfectamente. No estoy sugiriendo que tires tu vida por la ventana, pero me parece que este no es el trabajo para ti de todas formas.

–¿Por qué no?

–Tienes que encontrar algo más cerca de tu casa para poder tener una vida normal. Tal vez esto es lo que te hacía falta para dejarlo.

–¿Un trabajo más cerca de casa? –repitió Emma–. Aunque buscase otro trabajo, no cambiaría nada. Lucas no quiere saber nada de relaciones.

–Lo primero que debes hacer es descubrir si está interesado de verdad, así que esta noche te pondrás un vestido de escándalo.

–Entonces pensará que quiero seducirlo.

–Si no intentas seducirlo, no tiene por qué pensarlo. Ponte el vestido, pero pórtate como lo haces siempre –sugirió Avery–. Si bailas, hazlo con otros hombres. Si hablas, hazlo con otras personas. Si no le interesas, le dará igual. Si le interesas... bueno, entonces ya veremos.

–No, no veremos nada. ¡Es mi jefe! Me paga bien y me gusta mi trabajo.

–Yo también pago bien y soy un encanto –replicó Avery–. Podrías trabajar para mí. Me da igual dónde vivas mientras hagas lo que tienes que hacer. Bueno, venga, vamos a empezar a probarte vestidos.

Incapaz de mostrar entusiasmo, Emma asintió con la cabeza.

–Después de su reacción ante el vestido rojo, lo mejor será algo un poco más discreto. Tal vez algo de color beige.

–Sí, claro, o un saco de patatas –bromeó Avery–. Nada de beige. He elegido un conjunto azul marino para la reunión de esta tarde, pero olvídate de vestir como una monja.

–Yo no...

–Y mientras esperamos que traigan los vestidos que he elegido puedes contarme algo sobre Lucas, aparte de que estás loca por él. ¿Qué hay detrás de ese atractivo rostro?

–Es un hombre muy inteligente, con mucho talento. Y es una suerte trabajar para él.

–No es eso lo que me interesa. Lo que quiero saber es por qué no ha sentado la cabeza. ¿Te das cuenta de que de todas las mujeres con las que ha salido hasta ahora su relación más larga ha sido contigo?

–Yo no soy una de sus novias, soy su ayudante.

–Antes de que tú llegases, sus ayudantes se despedían en menos de seis semanas, pero tú te quedaste. Eso tiene que significar algo.

–Significa que necesito el trabajo.

–O que te has convertido en alguien importante para él.

El corazón de Emma dio un vuelco.

–Solo porque le hago la vida más fácil en la oficina.

–¿De verdad? ¿Entonces por qué te ha traído aquí?

–Porque Tara y él han roto y necesitaba una acompañante.

–¿Y crees que Lucas Jackson no hubiera podido encontrar acompañante aquí? Vamos, Emma, quería estar contigo. Y me alegro mucho de que haya dejado a la pesada de Tara –Avery sirvió dos vasos de agua y le ofreció uno–. Tara se emborrachó en una de mis fiestas hace un año y tuvimos que sacarla del local antes de que se desnudase en la pista de baile...

La dependienta entró con varios vestidos, pero Avery los descartó todos después de un rápido vistazo.

–Vi uno azul en la pasarela de Milán el mes pasado, ese sería perfecto.

Cuando mencionó el nombre del diseñador, la joven salió del probador para buscarlo.

–¿Recuerdas todos los vestidos de todas las colecciones?

–No, solo los que llaman mi atención. Los demás se me olvidan –Avery se levantó cuando la joven volvió a entrar con un vestido azul noche de seda–. Este es. Si no tuviera vestido para la fiesta lo habría comprado para mí misma. Te quedará perfecto.

–¿Cuánto vale? –preguntó Emma.

Avery puso los ojos en blanco.

–¿Qué más da? Venga, pruébatelo. Este vestido convierte a cualquier mujer en una diosa.

–Lucas no quiere una diosa, quiere una ayudante que sea profesional.

–Serás una diosa cuando haya terminado contigo –le aseguró Avery, mirando a la dependienta–. Por favor, tráiganos más agua. Es algo que tengo que hacer antes de una fiesta: hidratarme.

–Ahora mismo –respondió la joven, saliendo del probador.

–Ve a cambiarte y, mientras lo haces, explícame cómo te concentras mientras trabajas con Lucas. Yo me tumbaría sobre el escritorio gimiendo: «hazme tuya».

–¡Avery!

Riendo, Emma apartó la cortina.

–Lo digo en serio.

–Por las mañanas siempre está de mal humor, así que intento no hablar con él antes de que haya tomado una taza de café.

–A mí gustan los ogros –bromeó Avery–. ¿Ya te lo has puesto?

–Casi –sorprendida porque la charla estaba animándola un poco, Emma pasó las manos por la tela–. Creo que me queda un poco estrecho.

Avery apartó la cortina y asomó la cabeza.

–Lucas, Lucas, menudo problemón tienes. Casi me da pena.

Emma rio, nerviosa.

–¿No crees que me queda un poco estrecho?

–Te queda perfecto. ¿Te has mirado al espejo?

–No, aún no, pero...

–Entonces, mírate –Avery le dio la vuelta y Emma se llevó una mano al corazón.

–Dios mío.

–Eso mismo pienso yo. Y la espalda es...

–No tiene espalda –Emma sintió un escalofrío de pánico–. No parezco yo misma.

–Sí lo pareces, pero mucho más guapa –Avery levantó su pelo con una mano–. Debes llevar el pelo recogido, así fantaseará con soltarlo y verlo cayendo por tu espalda desnuda.

–¡No quiero que Lucas fantasee conmigo! ¡Estamos intentando volver a la normalidad, no empeorar la situación! De verdad, tienes que dejar de decir esas cosas.

Y ella tenía que dejar de pensar en la noche anterior. Tenía que dejar de pensar en Lucas como un hombre y recordar que era su jefe.

Tenía que...

–Lucas Jackson es un hombre muy interesante y ya es hora de que salga con una mujer decente y no con una de esas frívolas que solo están interesadas en su dinero y sus contactos. Voy a pedir que te peinen y te maquillen en la habitación... –Avery sacó el móvil del bolso una vez más y empezó a enviar mensajes–. ¿Tienes diamantes?

–Claro que no –respondió Emma.

–Pues esta noche los tendrás. Ese vestido pide diamantes a gritos.

–¿Y de dónde voy a sacarlos?

–La joyería del hotel te prestará algo para esta noche. Sonríe –Avery le hizo una foto con el móvil que luego envió a alguien–. Así podrán decidir qué te quedaría mejor.

–Por favor, para –protestó Emma–. Esta noche voy a trabajar, no a lucirme. Se supone que debo hablar con los invitados sobre los proyectos de Lucas.

–Nunca he entendido por qué una mujer no puede estar guapa mientras trabaja –murmuró Avery–. Pero sospecho que Lucas Jackson no ha estado tan interesado en una mujer en mucho tiempo, tal vez nunca, y deberíamos aprovecharlo.

Emma se sentía atrapada. No podía contarle a su amiga que Lucas se había acostado con ella era para soportar una noche terrible. Avery se había hecho una impresión equivocada y ella estaba perdiendo el control de la situación.

–No está interesado, de verdad.

–Claro que lo está. Se fijó en el vestido rojo, ¿no? Pues los hombres solo se fijan en lo que lleva una mujer cuando quieren acostarse con ella.

–¡Avery!

–¿Qué? Estás muy guapa y mereces llevar un collar de diamantes –insistió su amiga.

–No quiero llevar nada valioso. ¿Y si me lo robasen?

–¿Quieres que te haga una estimación del dinero que tienen los invitados a la fiesta?

–No hace falta. Imagino que el príncipe tendrá una fortuna.

–Desde luego.

–¿Está casado?

La sonrisa de Avery desapareció.

–Como tú, el príncipe de Zubran pone el deber por encima de la devoción. Solo que en su caso piensa casarse con una aburrida princesa virgen que su padre ha elegido para él. No sé cuál de los dos me da más pena.

–¿Cómo sabes eso? –Emma la miró, guiñando los ojos–. Oh, no, el príncipe y tú...

–Sí, pero hace tiempo –Avery intentó sonreír–. Nuestro futuro sultán necesita una princesa obediente y, como te puedes imaginar, yo no soy así. Y aunque pudiese obedecer alguna vez, que lo dudo, no soy precisamente virgen.

Emma no se dejó engañar por el tono burlón.

–Estás enamorada de él.

–No, nunca sería tan tonta como para enamorarme de un hombre al que no le gusta que discuta con él. De hecho, nunca he sido tan tonta como para enamorarme de nadie. Bueno, vamos a buscar unos zapatos para ti.

–En serio, este vestido es un poco exagerado –dijo Emma–. Solo soy la ayudante de Lucas y quiero seguir trabajando con él. Todo es tan complicado...

–Bienvenida al mundo real. Todo es complicado y el amor mucho más. ¿Por qué crees que yo intento evitarlo? Nada como el amor para complicar la vida de una persona.

–Yo no estoy enamorada de Lucas –insistió Emma.

–Pues entonces, voy a darte un consejo –dijo Avery con tono amable mientras la ayudaba a quitarse el vestido–. Si no quieres que la gente piense que estás enamorada, intenta que tu cara no se ilumine como una bombilla cuando alguien pronuncia su nombre. No, espera, no te pongas la ropa que traías. Este conjunto azul es perfecto para la reunión.

Solo era una atracción física, se decía Emma a sí misma. Lucas le gustaba, por supuesto, pero no estaba enamorada.

–¿Y tú? ¿Ha habido alguien después del príncipe? Debes conocer hombres guapos todos los días.

–Sí, es cierto. Desgraciadamente, suelo desear lo que no puedo tener –en los ojos de Avery había un brillo de tristeza, pero se encogió de hombros–. ¿Qué se le va a hacer?

–Pero si sientes algo por él, esto debe ser horrible para ti. ¿Por qué aceptaste organizar la fiesta de inauguración?

–Por orgullo –respondió su amiga–. Si hubiera rechazado la oferta, pensaría que me ha roto el corazón y no quiero que piense eso. Así que iré a la fiesta y le demostraré que su egoísta actitud no me afecta para nada.

Pero Emma no estaba convencida.

–Debes sentirte fatal.

Avery volvió a encogerse de hombros.

–No es nada que un par de bonitos zapatos no puedan curar. Eso y el dinero que llegará a mi cuenta dentro de unos días gracias a una fiesta que nadie olvidará nunca. Esto es un negocio y, además, me gusta sacarle dinero a los ricos.

Emma sintió admiración por su amiga.

–Me haces sentir culpable por quejarme tanto. Y si tú puedes fingir que no pasa nada, también puedo hacerlo yo. Pero dime cómo.

–Siendo fabulosa –respondió Avery–. Demuéstrale que lo pasas de maravilla sin él y si es demasiado para ti, envíame un mensaje de texto y nos encontraremos en los lavabos. Así podremos llorar juntas sobre el inodoro.

Más distraído de lo que debería, Lucas intentaba concentrarse mientras Cristiano Ferrara le hablaba de sus objetivos para el próximo hotel en Sicilia.

Frente a él, Emma tomaba notas con su habitual eficiencia. Su pelo estaba recogido en un severo moño y aquel día llevaba un sobrio vestido azul marino.

Había dicho que su relación seguiría siendo profesional y eso era lo que estaba haciendo, de modo que no debería preocuparse.

Pero estaba preocupado.

En el pasado siempre había logrado dividir su vida y Emma entraba en la categoría de «trabajo», pero de repente esas categorías empezaban a parecerle borrosas. En lugar de concentrarse en el trabajo, estaba concentrado en ella y notaba cosas que no había notado antes. Por ejemplo, que escuchaba atentamente todo lo que se decía. No se le escapaba nada, por eso era tan profesional.

Él solía salir con mujeres que estaban pendientes

de su aspecto físico y del efecto que ejercían en los hombres, pero Emma no era así. Al contrario.

Él, sin embargo, sí estaba pendiente. Nunca antes había tenido problemas para olvidar a una mujer después de pasar una noche con ella. Y no era solo algo físico sino mucho más que eso. Que se hubiera quedado en el castillo cuando podría haberse marchado, que se hubiera negado a dejarlo solo aunque tenía responsabilidades en casa...

Que se hubiese molestado en quitar las serpentinas y los globos, intuyendo que lo molestaban, que lo hubiese cubierto con una manta el año anterior...

Él no estaba acostumbrado a la compasión de los demás. Había llegado donde estaba por sí mismo, sin necesidad de nadie.

Y de repente...

Una sola noche, pensó, enfadado consigo mismo. Una sola noche y no era capaz de concentrarse en nada desde entonces.

Su cuerpo estaba en permanente estado de excitación y en cuanto a su cerebro...

–Iré a ver la parcela –empezó a decir, al ver que su amigo esperaba una respuesta– y después haré un primer boceto.

Había sido un error llevarla a Zubran. Estaba convencido de que todo seguiría como si nada hubiera pasado, pero no era así.

Cristiano enarcó una ceja, sorprendido.

–¿Alguna idea inicial? ¿Algún concepto nuevo? Normalmente, tienes ideas incluso antes de que yo haya encontrado una parcela.

Normalmente su cerebro funcionaba perfectamente, pero no era el caso en aquel momento.

–Quieres que construya un hotel a la sombra del volcán más activo de Europa, así que tendremos que analizar el suelo y considerar los posibles efectos de la actividad volcánica. No es un proyecto normal, Cristiano. La calidad del aire podría estar afectada, así que habrá que hacer un diseño más creativo.

Siguieron hablando sobre el hotel mientras Emma tomaba notas y, seguramente, enviando emails al mismo tiempo. Era tan eficiente como de costumbre. Nada quedaba sin hacer, no olvidaba un detalle.

–Ve a Sicilia lo antes que puedas –estaba diciendo Cristiano–. ¿Por qué no pasas unos días con nosotros? Venga, mezcla el trabajo con el placer por una vez.

«Mezcla el trabajo con el placer».

Ya había hecho eso, pensó Lucas, con devastadoras consecuencias. Creyó que sería fácil dejar atrás esa noche, como había hecho tantas veces, pero en aquella ocasión era diferente.

–Emma buscará un día en la agenda.

Ella esbozó una sonrisa, pero para Cristiano, no para él, y Lucas sintió una oleada de rabia porque no lo había mirado ni una sola vez durante la reunión.

Que su reacción fuese ilógica no cambiaba nada. Y tampoco que Cristiano fuese un hombre felizmente casado o que la sonrisa de Emma fuera meramente amistosa. Nada justificaba esa repentina punzada de celos. Era una respuesta primitiva, extraña en él e inapropiada dado que Emma era su empleada.

Cuando terminó la reunión, ella le preguntó por su mujer y sus hijos y Lucas apretó los dientes cuando el siciliano sacó el móvil para mostrarle fotografías de los niños.

Era típico de Emma saberlo todo sobre todo el

mundo, por eso era tan buena en su trabajo. No se le escapaba una cara, una fecha.

Lucas se levantó, intentando disimular su irritación.

—Si hemos terminado, tenemos que empezar con las entrevistas.

Trabajo, pensó. La respuesta era enterrarse en el trabajo como había hecho siempre y esperar que el atuendo que Emma hubiera elegido para la fiesta fuese menos provocativo que el vestido rojo de la noche anterior.

Capítulo 8

EMMA se quedó en su habitación hasta el último minuto, ensayando frente al espejo: fría y serena. Así debería mostrarse esa noche.

Avery había enviado al peluquero y al maquillador a la habitación mientras Lucas estaba haciendo entrevistas y esperaba que estuviese de mejor humor porque durante la reunión parecía a punto de explotar.

Un golpecito en la puerta hizo que diera un respingo.

–¿Emma? –escuchó la voz de Lucas–. Han traído un collar para ti. ¿Estás lista?

Sí, estaba lista. O tan lista como podría estarlo.

Respirando profundamente, abrió la puerta... y se quedó inmóvil. La chaqueta blanca del esmoquin fue una sorpresa. Sabía que llevaría esmoquin, pero no había esperado algo tan caprichoso como una chaqueta blanca. Y el contraste con su pelo negro la hizo contener el aliento.

Era tan elegante, tan masculino, tan inalcanzable.

A pesar de sus buenas intenciones se le hizo un nudo en el estómago y, para calmarse, concentró su atención en la caja que tenía en la mano.

–Espero que no sea nada demasiado llamativo.

Lucas la miró de arriba abajo. Sin duda había hecho lo mismo con mujeres mucho más guapas que ella y, a pesar de eso, Emma no podía dejar de mirarlo. A aquel hombre a quien le habían dicho que no era nada y había logrado llegar a la cima por sí mismo.

Había esperado una sonrisa amable, tal vez algún elogio, pero ni siquiera sonreía. Al contrario, su expresión era seria y cuando clavó en ella sus ojos azules sintió que se mareaba.

La situación pedía a gritos una broma, algo para romper la tensión, pero no se le ocurría nada.

–¿Puedo verlo? –preguntó, señalando la caja.

–Claro.

Si quería conservar su puesto de trabajo tenía que portarse como lo haría en cualquier otra circunstancia.

Probablemente Lucas pensaba que se había vestido para él y tenía que demostrarle que no era así.

–Me siento incómoda llevando algo tan valioso... –Emma abrió la caja y dejó escapar una exclamación–. ¡Es precioso!

Era un collar de zafiros y su corazón dio un vuelco al imaginar lo que habría sentido si un hombre se lo hubiera regalado. Un hombre que la amase, claro.

Matando esos pensamientos de raíz, estaba a punto de sacarlo de la caja cuando Lucas lo hizo por ella.

–Espera, date la vuelta.

Al notar que contenía el aliento recordó que el vestido tenía un enorme escote en la espalda...

¿Diría algo?

Cerró los ojos y esperó, deseando que la abrazase como había hecho dos noches antes, en el castillo. Quería esa urgencia, esa pasión... y luego se sintió culpable porque sabía que esa urgencia y esa pasión no tenían nada que ver con ella.

Lucas rozó su cuello con los dedos mientras le ponía el collar y ese mero roce aceleró su corazón. Incluso de espaldas a él, la atracción era tan fuerte que agradeció que no pudiera ver su cara porque estaba segura de que se daría cuenta. Ningún maquillaje podría disimular un sentimiento tan poderoso.

Y ella tenía que fingir que su relación no había cambiado cuando había cambiado por completo...

—La reunión ha ido bien, ¿no? —preguntó, por hablar de algo—. Es la primera vez que veo a Cristiano Ferrara en persona, aunque he hablado por teléfono con él muchas veces.

—Le has caído muy bien.

Emma se dio la vuelta para tomar el chal y sonrió, intentando disimular su agitación.

—Bueno, ya estoy lista.

Desde que salieron del hotel quedó claro que aquella iba a ser una fiesta como ninguna otra. El camino estaba flanqueado por antorchas y lo que parecían millones de diminutas lucecitas hasta llegar a una espectacular carpa con capacidad suficiente para centenares de personas. Emma sintió una oleada de emoción porque nunca había estado en una fiesta así.

—Es increíble —murmuró.

Lucas la miró con el ceño fruncido, pero no sabía qué había hecho para ponerlo de mal humor.

—Avery Scott es muy buena en su trabajo.

—¿Buena? No soy buena, soy la mejor —escucharon una voz tras ellos.

Lucas sonrió y esa sonrisa hizo que Emma contuviera el aliento. Describirlo como apuesto sería hacerle una injusticia, pensó.

—Hola, Avery —Lucas la saludó con un beso en la

mejilla–. Te has superado a ti misma esta vez. Muchas gracias.

–De nada –dijo ella, levantando su copa–. Que lo paséis en grande... y no olvides decírselo a tus amigos, mientras sean ricos y puedan pagarme –Avery le hizo un guiño a Emma–. Me encanta ese vestido. ¿Qué te parece, Lucas? ¿Soy buena en mi trabajo o soy un genio?

–Ten cuidado –le advirtió él, en voz baja.

–No la pierdas, vale mucho –replicó Avery.

–Es la mejor ayudante que he tenido nunca y no pienso perderla.

–No me refería a eso y tú lo sabes, no seas obtuso. Bueno, espero que lo paséis bien –dijo Avery, levantando la voz.

–A Emma no le gustan las fiestas.

–Emma no va a fiestas –lo corrigió ella–. Pero esta le va a encantar porque la he organizado yo.

Emma nunca sabría qué habría respondido Lucas porque en ese momento sonó un ruido sobre sus cabezas y todos miraron el helicóptero que estaba aterrizando a unos metros de la carpa.

–Parece que ha llegado el príncipe.

El cambio en Avery fue inmediato. De repente, perdió la burbujeante sonrisa como una copa de champán que se hubiera quedado sobre la mesa toda la noche.

–Si me perdonáis, el deber me llama

Sin mirar el helicóptero, se alejó sobre sus imposibles tacones y Emma no sabía si debía seguirla o no.

–Mal y ella tuvieron una relación –empezó a decir Lucas–, pero no es buena idea hablar de ello.

–Por supuesto.

–Ah, aquí llega. Sonríe, es un príncipe.

Rodeado de guardaespaldas, Mal tenía una presencia impresionante... algo lógico siendo el príncipe heredero de Zubran. Lo sorprendente era que no dominase a Lucas. Los dos hombres eran iguales en estatura, pero también en logros. Y Lucas lo había conseguido solo.

Charlaron como viejos amigos, pero Emma se dio cuenta de que era a Lucas a quien escuchaba, no al príncipe. Era Lucas a quien estaba mirando, deseando volver a sentir el calor de sus labios, de sus manos...

Desesperada, giró la cabeza. Estaba obsesionada con un hombre al que no podía tener.

¿Era así como se sentía Avery?

¿También Avery estaba enamorada de un hombre que no podía amarla? El príncipe no parecía angustiado o preocupado. No emitía ninguna señal de que aquella fiesta fuese un problema para él.

Pero entonces, cuando la mujer que lo amaba se volvió para mirarlo, vio que se quedaba completamente inmóvil.

Emma, que entendía la importancia de la responsabilidad y el deber, sintió compasión por ellos.

Pero, aunque era cierto que tenía una responsabilidad hacia Jamie, el niño era su hermano y lo quería mucho. Y no era culpa de Jamie que no tuviera una vida social. Él nunca le había exigido nada.

Pero Angie sí.

Había dejado que su hermana dirigiese su vida. Angie esperaba que se hiciera cargo de Jamie durante los fines de semana y ella había aceptado porque lo adoraba y porque... porque tenía miedo a enfrentarse con Angie.

A Jamie no le importaría quedarse de vez en cuando

con una niñera, pero su hermana la haría sentir culpable.

Emma irguió los hombros.

Eso tenía que cambiar y tenía que ser ella quien lo cambiase.

Estaba allí, con un vestido espectacular que la hacía sentir bella porque alguien la había convencido, pero podría haberlo hecho ella misma. No acudiría a fiestas como aquella, pero sí podría salir más y conocer gente. Podía hacerlo y lo haría. Hablaría con su hermana para decirle que las cosas tenían que cambiar.

Lucas la tomó del brazo para presentarle a un invitado, de modo que se obligó a sí misma a sonreír, aunque el único pensamiento coherente que formaba su cerebro era «te deseo».

Charló con lo que parecieron miles de personas y siguió sonriendo hasta que le dolían las mejillas por el esfuerzo. Todo el mundo quería hablar con Lucas Jackson, incluso parecían hacer cola para saludarlo.

Y luego, por fin, entraron en la carpa, con miles de lucecitas que parecían joyas. Había una orquesta y, de repente, quería bailar. Quería compensar todos esos años en los que no había bailado y se volvió hacia Lucas con los ojos brillantes.

–¿Podemos bailar?

Él la miró, sorprendido.

–Podemos, pero yo no bailo.

Emma iba a insistir cuando él se volvió para hablar con otro invitado y pensó que no lo necesitaba. De hecho, bailar sola sería lo mejor. La música era tan maravillosa que se acercó a la pista de baile, sintiéndose ridículamente libre. Ella nunca hacía eso. De hecho, rara vez hacía algo pensando solo en sí misma.

Sexo, pensó, mientras se dejaba llevar por la música. Eso era algo que había hecho porque quería, porque le había parecido bien en ese momento, como bailar.

Y bailaba porque no podía *no* hacerlo, con la música envolviéndola. Sonreía, levantando los brazos como todos los demás, disfrutando como nunca.

–Me alegra ver que te sueltas el pelo de vez en cuando.

Era Carlo, el enigmático abogado de Cristiano Ferrara, al que había conocido por la tarde.

Emma siguió bailando con él, intentando no pensar en Lucas.

Intentando no buscarlo con la mirada.

Era culpa suya.

Era él quien había insistido en llevarla a Zubran, él quien la había enviado a comprar un vestido para la fiesta, de modo que no podía culpar a nadie si ese vestido provocaba pensamientos indecentes.

Se había negado a bailar con ella porque sabía que la situación se complicaría más y el resultado era que Emma se había puesto a bailar con Carlo, el abogado de los Ferrara, un hombre muy apuesto. Lucas tenía que hacer un esfuerzo sobrehumano para no sacarla de la pista.

Se decía a sí mismo que solo estaba bailando, como muchos otros invitados, pero entonces la orquesta empezó a tocar una canción lenta y Carlo la tomó por la cintura.

El baile ya no era impersonal sino muy personal.

Lucas miraba la mano de Carlo en la espalda des-

nuda de Emma, esa espalda que había estado distra-
yéndolo toda la noche. Y, de repente, casi sin pensar
en lo que hacía, se abrió paso entre la gente hasta llegar a su objetivo. Si le hubieran pedido explicaciones
por su comportamiento no habría podido darlas. Nunca
antes había querido apartar a una mujer de los brazos
de otro hombre, pero lo hizo en ese momento sin la
menor vacilación.

–Es mi turno –era una orden y Carlo asintió con la
cabeza antes de soltar a Emma.

–Tal vez nos veamos más tarde –murmuró.

–Más tarde, Emma estará ocupada. Pero gracias
por cuidar de ella mientras yo estaba charlando con mis
clientes.

Luego la tomó por la cintura y la apretó contra su
torso antes de que Emma pudiera poner objeciones.
Por un momento, pensó que iba a apartarse, pero luego
se dejó llevar como había hecho con Carlo... aunque
era diferente porque ellos ya se conocían íntimamente.
Ese reconocimiento estaba allí y, con él, los recuerdos.
Ya no era solo un baile.

Estaban rodeados de gente y, sin embargo, parecían estar solos.

–Has sido muy grosero con él.

–Me pediste que bailara.

–Eso fue antes y dijiste que no.

–He cambiado de opinión.

–¿No podías haber esperado?

No, no podría haber esperado y saber eso lo turbó
porque los impulsos incontrolables no tenían sitio en
su ordenada vida.

–Estaba portándose de manera inapropiada.

—Solo estábamos bailando. ¿Qué hay de inapropiado en eso?

La imagen de la mano de Carlo en su espalda estaba grabada en su mente.

—Para ser alguien que dice odiar las fiestas pareces estar pasándolo muy bien.

—Lo estoy pasando muy bien, pero nunca he dicho que odiase las fiestas, solo que no suelo ir a ninguna. Tal vez por eso estoy pasándolo tan bien. Pensé que eso te agradaría.

—¿Por qué?

Emma suspiró.

—Pensé que era lo que querías.

Era una respuesta lógica y sensata, pero lo que Lucas sentía no era ni lógico ni sensato. Notando que la gente los miraba con curiosidad, la tomó de la mano.

—Vámonos de aquí.

—¿No podrías ir un poco mas despacio? —protestó ella cuando salieron de la carpa—. Sigo siendo una aficionada en esto de los tacones —Emma tiró de su mano, pero Lucas no la soltó hasta que estuvieron bajo el cielo estrellado.

Entonces lo miró, claramente desconcertada. También él estaba desconcertado por su comportamiento y no lo estaba nunca. No se entendía a sí mismo.

—¿Crees que bailar es poco profesional por mi parte? Te pregunté si podía hacerlo y dijiste que sí. Las reuniones han terminado y...

—No ha sido poco profesional.

—¿Entonces?

—Déjalo, Emma.

—¿Por qué voy a dejarlo? Me has sacado de la pista de baile porque estás disgustado y quiero saber por qué. Desde que me pusiste el collar pareces enfadado –Emma jugaba con el collar, nerviosa–. Entiendo que lamentas lo que pasó la otra noche, pero yo ya lo he olvidado. En serio, no tienes que preocuparte. Es cierto que no sabía si podría seguir trabajando contigo, pero he descubierto que puedo. Sé que puedo.

Pero él no estaba tan seguro.

–De modo que has bailado con Carlo porque querías demostrarme que lo que pasó hace dos noches no afectará a nuestra relación.

–No creo que eso importe ya.

–Deberías tener cuidado con Carlo.

–Por favor, Lucas, es el abogado de los Ferrara. He hablado con él por teléfono muchas veces y me parece una persona muy agradable.

–¿Por qué? ¿Porque es guapo? ¿Porque es encantador? Tú no tienes experiencia con los hombres.

Emma lo miró como si estuviera cuestionando su cordura.

–Carlo creció con los hermanos Ferrara y son amigos de toda la vida, de modo que deben haber visto alguna buena cualidad en él. Tal vez tú juzgues a la gente con demasiada severidad y, dado tu pasado, nadie te culparía por ello.

–O tal vez tú eres una ingenua.

–Estaba bailando, no proclamando mi amor por él. ¿No crees que estás exagerando un poco?

Lucas se pasó una mano por el cuello.

–Yo conozco a los hombres mejor que tú y sé lo que estaba pensando.

–Aunque tuvieras razón, ¿por qué te importaría eso? Has dejado claro que nuestra relación seguirá siendo la misma de siempre, de modo que todo esto es irrelevante. No tienes que vigilarme ni cuidar de mí, Lucas. Ese no es tu papel –Emma hizo una pausa cuando una pareja pasó a su lado–. Además, no deberíamos hablar aquí.

–Tienes razón. Vamos a algún sitio donde nadie nos moleste.

Sabiendo que actuaba de manera irracional, Lucas volvió a tomar su mano para llevarla hacia el hotel, caminando a tal velocidad que Emma estuvo a punto de tropezar.

–Espera un momento, no podemos marcharnos así. Hay gente esperando para hablar contigo...

–Me da igual.

–No me lo estás poniendo nada fácil.

–Eso también me da igual.

–¿Dónde vamos?

–A algún sitio donde no nos moleste nadie.

Poco después llegaron a la suite y Emma esperó que la soltase, pero no lo hizo.

–Deberíamos...

–Tal vez parece un ser humano decente hasta que las circunstancias lo convierten en otra cosa.

Ella parpadeó, desconcertada. Y entonces se dio cuenta de que ya no estaba hablando de Carlo, sino de sí mismo. Estaba hablando sobre lo que había pasado entre ellos dos noches antes.

–Lucas...

–Y cuando eso ocurra, tal vez tú no veas las señales porque no las viste conmigo, ¿recuerdas? No supiste cuándo marcharte aunque te lo pedí. Y entonces ya no pudiste pararlo –su voz se había vuelto ronca y Emma se quedó sin aliento porque no sabía que sus sentimientos fueran tan intensos.

Pensaba que era ella sola.

–Podría haberte parado, pero no quise hacerlo.

–¿Por qué? ¿Tan generosa eres que estabas dispuesta a acostarte conmigo para ayudarme a soportar la noche?

–Porque te encuentro muy sexy. Podría haberme ido, sí, pero decidí no hacerlo. Podría haberte parado, pero decidí no hacerlo y me alegro porque fue algo especial. No solo especial... –Emma tragó saliva– fue la experiencia más excitante de mi vida y no lo lamento. De hecho, volvería a hacerlo.

–¿Lo harías? –le preguntó él, mirándola a los ojos.

–Sí.

Los dos se movieron al mismo tiempo. Emma le echó los brazos al cuello y él enredó los dedos en su pelo mientras se besaban ansiosamente.

–Me prometí a mí mismo que no volvería a hacerlo...

–Y yo me alegro de que rompas esa promesa.

–Es un error... soy un egoísta.

–No puede ser egoísta si yo también lo deseo. Y lo deseo, Lucas. Te deseo a ti.

Él dejó de luchar. Tomó su cara entre las manos y le devolvió el beso, tomando todo y exigiendo más. La besaba con experiencia, con pasión, pero ella puso una mano en su torso y lo empujó hacia atrás. Lucas cayó sobre la cama y, antes de que tuviera tiempo de recuperarse, Emma se colocó sobre él, sujetando sus brazos encima de la cabeza y sonriendo al ver su atónita expresión.

–Hace cuarenta y ocho horas eras una chica inexperta que se ponía colorada.

–¿Y bien? Tengo mucho tiempo que compensar.

Ahora, cállate y bésame como me besaste la otra noche.

Lucas pasó las manos por su espalda.

–El vestido es precioso, pero tienes que quitártelo.

Sonriendo, Emma soltó sus manos y se echó hacia atrás.

–Es una pena quitarse un vestido tan bonito.

–A mí no me parece una pena.

El vestido acabó en el suelo y, de repente, estaba en los brazos de Lucas otra vez. Él la besaba, ansioso, mientras ella le quitaba la ropa hasta dejarlo desnudo, hasta que no había nada entre ellos más que la verdad y los sentimientos.

Había un brillo fiero en sus ojos azules, el mismo que debía haber en los suyos porque deseaba aquello más de lo que había deseado nada en toda su vida.

Tal vez siempre lo había deseado, desde el día que entró en la oficina y lo vio detrás de su escritorio, remoto e intocable.

Lucas la dejó explorarlo a placer hasta que no pudo aguantar más y la sujetó por las caderas, levantándola un poco para ponerla en contacto con su erección.

Emma contuvo el aliento mientras entraba en ella, sintiendo el poder de su deseo, el increíble deseo que los consumía a los dos. Sin soltarla, Lucas se enterró hasta el fondo y ella se mordió los labios para no decir algo que pudiese lamentar después.

Nada importaba, ni el futuro ni el pasado, solo el presente, y se dejó llevar por él hasta llegar al clímax.

No dejaron de besarse ni un momento, compartiéndolo todo hasta que pensó que moriría de placer.

Lucas se quedó inmóvil, abrazándola, preguntándose por que no sentía el deseo de marcharse como le ocurría siempre.

–¿Cómo se llamaba? –le preguntó Emma en voz baja.

Y no le sorprendió la pregunta, que había esperado, sino el hecho de que quisiera responder.

–Elizabeth. Le puse el nombre de la madre de mi padre, su bisabuela. Quiero pensar que si ella hubiera vivido la habría reconocido como bisnieta. En cualquier caso, quería que Elizabeth supiese quién era.

–Tu padre se negó a reconocerte, pero tú creaste un vínculo de todas formas. Además, es un bonito nombre –Emma se quedó en silencio un momento–. Sé que no quieres hablar de ello, pero pasase lo que pasase, no fue culpa tuya. No debes culparte a ti mismo.

–Estás haciendo un juicio sin conocer los hechos.

–No conozco los hechos, pero te conozco a ti y sé que no fue culpa tuya.

Lucas la miró, en la oscuridad.

–No debes tener fe en mí. Fui un padre horrible, Emma.

–Eso no es verdad.

–¿Cómo lo sabes?

–Porque yo no tuve padre. O más bien tuve un padre que no estaba interesado en serlo. Se marchó de casa cuando nació mi hermana, pero volvió unos meses después... mi madre me contó que me tuvo a mí en un intento de arreglar la relación. No sé por qué pensó que un hombre que no había querido saber nada de su primera hija querría volver a ser padre –Emma suspiró–. Se marchó por segunda vez cuando mi madre aún estaba en el hospital. Nunca lo conocí.

No tenía razones para confiar en los hombres y no debería confiar en él, pensó Lucas.

–Imagino que no debió ser fácil para ti.

–Fue más duro para mi hermana y mi madre. Para mi hermana sobre todo porque siempre creyó que su marcha tenía algo que ver con ella. Pero no era verdad, era problema de él. Y tú no eres así, de modo que no me digas que fuiste un mal padre.

–Yo no me marché, pero fue como si lo hubiera hecho –murmuró Lucas–. Estaba nevando... como la otra noche. Yo había estado trabajando hasta tarde, intentando terminar un proyecto. Como solía trabajar muchas horas, Elizabeth siempre estaba dormida cuando llegaba a casa, pero era yo quien la levantaba por las mañanas y desayunábamos juntos porque Vicky nunca se levantaba antes de las once. Esa mañana, desayunamos juntos como siempre. No hubo nada diferente... no podrías imaginar las veces que he repasado ese momento, intentando recordar si vi algo raro, pero no recuerdo nada fuera de lo normal. Le hice una tostada y la corté en forma de casa porque así era como le gustaba.

Emma sonrió.

–Seguro que le haría mucha ilusión.

–Le gustaba mucho que hiciese la chimenea... –Lucas tragó saliva–. Prometí llevarla al parque por la tarde y luego la llevé al colegio. Había dejado una nota para Vicky, diciéndole que volvería a casa antes de que ella se fuera a la fiesta. Siempre tenía alguna fiesta a la que ir.

–¿Tú no ibas con ella?

–No me apetecía ir a un sitio en el que no conocía a nadie. Quería estar con mi hija y pensaba salir temprano de la oficina, pero antes de hacerlo recibí una llamada de su profesora preguntándome cómo estaba.

Aparentemente, se había puesto enferma en el colegio y habían llamado a Vicky para que fuese a buscarla –Lucas hizo una pausa para respirar–. Cuando la llamé para saber qué había dicho el médico, me respondió que no había conseguido cita, así que había metido a la niña en la cama para que durmiese un rato. Y en ese momento, no sé por qué, yo supe que era algo serio. Lo único que quería era volver a casa, pero las carreteras estaban cubiertas de nieve...

–Debió ser horrible para ti. Imagino que te sentirías impotente.

–Fue horrible, sí. Tenía que ir muy despacio, sabiendo que mi hija estaba enferma. Volví a llamar a Vicky para pedir que la llevase al hospital, pero ella me dijo que estaba exagerando y que, además, tenía que irse a la fiesta, que si yo hubiera estado en casa aquello no habría pasado...

–Qué horror.

–No iba a dejar que algo tan insignificante como tener a su hija enferma le impidiese ir a la fiesta –dijo Lucas, sin poder disimular su amargura–. Dejó a Elizabeth sola con una niñera que era poco más que una adolescente y yo llamé a una ambulancia. Llegué al mismo tiempo que el médico, pero en cuanto entré en casa supe lo enferma que estaba mi hija. Estaba gritando... los gritos eran terribles... –recordarlo era tan doloroso que tuvo que cerrar los ojos–. Vimos que tenía una erupción en la piel y el médico le puso un antibiótico, pero ya era demasiado tarde. Era un brote de meningitis y no se recuperó.

–Dios mío –Emma lo abrazó con fuerza–. Pero no veo por qué te culpas a ti mismo por ello.

–¿Quieres que te haga una lista de razones? Si no

me hubiera ido a trabajar esa mañana, si la hubiera llevado al médico en lugar de dejarla con Vicky, si hubiese vuelto del trabajo antes mi hija seguiría viva.

–No lo sabes con certeza.

–Pero tampoco sé lo contrario y vivir con eso es un infierno.

–Cuando te fuiste a trabajar no sabías que la niña estuviera enferma.

–No, claro que no. No había ninguna señal.

–¿Entonces cómo ibas a saberlo, Lucas? Y tampoco sabías que Vicky fuese a portarse como lo hizo.

–Debería haberlo imaginado porque Vicky tenía sus prioridades muy claras. No quiso tener a Elizabeth, como mi madre no me quiso a mí, y me dejó muy claro que tener un hijo no afectaría a su modo de vida.

–Qué pena. Tanto para Elizabeth como para Vicky, que nunca supo lo maravilloso que es querer a alguien más que a ti mismo –Emma puso una mano en su torso–. Y qué triste para ti porque intentaste formar una familia. Pero no fue culpa tuya.

–Yo dejé a Vicky embarazada, eso fue culpa mía. Confié en ella, confié en que fuera responsable y debería haber imaginado que no sería así.

–¿Cómo va a ser culpa tuya que otra persona ponga sus necesidades por delante de las de su hija?

–Yo sabía cómo era Vicky.

–Te defraudó, pero fue culpa de ella, no tuya.

–Aunque tengas razón, da igual. Lo único que importa es que mi hija murió porque yo no hice lo que debería haber hecho. No pude protegerla y ese era mi deber.

–Te equivocas –insistió Emma, su tono cargado de sinceridad.

–Agradezco lo que intentas hacer, pero eres tú quien se equivoca. No sabes de lo que estás hablando.

–Sí lo sé. Vi la fotografía y vi el cariño con que la mirabas y cómo te miraba ella. Tu hija no estaba decepcionada contigo, estaba encantada. No la defraudaste, Lucas.

–De haber hecho lo que tenía que hacer, Elizabeth estaría viva. Tal vez no la miré lo suficiente mientras desayunábamos, tal vez debería haberme dado cuenta de que le pasaba algo. Tal vez otro padre se hubiera dado cuenta.

–Tienes que perdonarte a ti mismo. Tienes que aceptar que no fue culpa tuya, que no pudiste hacer nada, que fuiste un buen padre y que ni siquiera el mejor padre del mundo puede proteger a sus hijos de todo. A veces ocurren cosas horribles en la vida y no es culpa de nadie. Uno tiene que seguir adelante como buenamente pueda.

–Yo he seguido adelante, tengo una empresa que funciona.

–Pero no tienes una familia.

–No quiero una familia –dijo él. Había tomado esa decisión tras la muerte de su hija–. Lo intenté y fracasé, no quiero volver a repetirlo. Y, desde luego, no quiero la responsabilidad de otro hijo.

Emma apoyó los labios en sus hombros.

–Debió ser horrible perder a tu familia. No te atreves a querer porque quisiste una vez y perdiste a la persona que querías.

Lucas tomó su mano para besar su muñeca.

–No quiero hacerte daño. No quiero que sientas nada por mí.

–¿Y si fuera demasiado tarde? ¿Y si ya sintiera algo por ti?

–Es el sexo lo que te hace decir eso.

–¿De verdad? No lo sé porque no es algo que haga a menudo.

–Por eso precisamente. Las relaciones íntimas despiertan todo tipo de sentimientos, pero son pasajeros.

–He sentido algo por ti desde el principio, tal vez esa sea la razón por la que estoy dispuesta a trabajar tantas horas –Emma respiró profundamente y Lucas cerró los ojos, deseando que no dijera lo que temía estaba a punto de decir.

–No, por favor.

–¿No quieres que lo diga? El problema es que te quiero, Lucas. Y no lo digo porque desee que tú lo digas también sino porque quiero que sepas lo que siento. Sé que no te gusta oírlo, pero...

–Nadie me lo había dicho nunca.

Emma lo miró, sorprendida.

–¿Y Vicky?

–Vicky nunca me quiso. Le gustaba estar conmigo porque tenía dinero y amigos influyentes. Pero tampoco yo la amaba.

–Porque cerraste esa parte de ti mismo cuando eras pequeño –murmuró ella–. Pero eres querido, Lucas, y tú puedes querer también.

–¿Eso es lo que estás esperando? Porque si es así, pierdes el tiempo –dijo él, con voz ronca–. No puedo decir que te quiero y no voy a hacer falsas promesas. Para mí solo es sexo, no puede ser nada más –estaba siendo brutal porque tenía que serlo.

Esperaba que Emma se levantase de la cama, pero no lo hizo.

En lugar de eso, lo besó.

–Entonces, será mejor que aprovechemos estos días.

El martes por la mañana, Lucas estaba despierto cuando oyó un golpecito en la puerta. Se volvió para mirar a Emma, pero ella seguía profundamente dormida, de modo que se levantó de la cama sin hacer ruido y se puso unos vaqueros y una camiseta antes de abrir.

Era Cristiano y llevaba de la mano a su hija pequeña, Gia.

–Siento molestarte tan temprano, pero tenemos una crisis familiar.

–¿Qué ha pasado?

–Mi hija mayor, Chiara, ha resbalado y se ha dado un golpe en la cabeza.

–Vaya, lo siento mucho.

–Laurel y yo vamos a llevarla al hospital, pero necesitamos que alguien se quede con Gia durante unas horas.

Lucas miró a la hija de su amigo, que le sonreía con expresión inocente.

–En el hotel hay un servicio de guardería. Te daré el número...

–Laurel no quiere dejar a la niña en la guardería con gente a la que no conoce. Y tampoco yo.

–Entonces, pídeselo a un amigo.

–Eso es lo que estoy haciendo –respondió Cristiano–. Te lo estoy pidiendo a ti.

Lucas tuvo que aclararse la garganta antes de hablar.

–Tienes que dejar a la niña con alguien en quien puedas confiar.

–Por eso he llamado a tu puerta, amigo –insistió Cristiano–. Laurel y yo no confiaríamos en nadie más. ¿Te importaría quedarte con ella? Solo serán unas horas.

Era un voto de confianza, pero él era la última persona a la que debería pedirle algo así.

Lucas miró los curiosos ojitos oscuros de Gia, idénticos a los de Cristiano. La conocía, por supuesto, y ella lo conocía a él. Había estado en su bautizo, en sus cumpleaños y en varias fiestas organizadas por los Ferrara. La había visto crecer, pero siempre a distancia, sin ninguna responsabilidad.

–No, no puedo...

Antes de que terminase la frase, Cristiano puso a la niña en sus brazos. Pesaba tan poco, era tan ligera, tan frágil que Lucas la sujetó con fuerza casi sin darse cuenta de lo que hacía.

El pánico lo ahogaba porque sabía con toda certeza que no podía hacer eso. No confiaba en sí mismo. Le temblaban los brazos y, tal vez por intuición, la niña le echó los bracitos al cuello.

–Quiero ver los peces –le dijo, señalando la pared de cristal del salón, sin darse cuenta de que él estaba ahogándose.

Lucas tenía miedo de moverse, pero Gia tiraba de su camiseta, insistente, hasta que la llevó a la pared del salón. Encantada, puso la manita en el cristal, como intentando tocar lo que estaba viendo, absorta con los peces.

–*Grazie mille* –dijo Cristiano–. Volveré a buscarla en cuanto pueda.

Lucas iba a decir que no podía hacerlo, pero su

amigo ya estaba saliendo de la suite, dejándolo a solas con la niña.

Emma estaba en el dormitorio, conteniendo el aliento mientras escuchaba detrás de la puerta, haciendo un esfuerzo para no intervenir. Pero ese era el plan que había sugerido Cristiano y ella estaba de acuerdo.

¿Cómo lidiaría Lucas con la situación?

Había notado la angustia en su voz mientras hablaba con su amigo, había sentido su dolor y tenía un nudo en la garganta porque sabía lo difícil que era para él.

El instinto le decía que corriese a ayudarlo, pero Cristiano le había hecho prometer que no lo haría, de modo que se quedó donde estaba, escuchando a Gia hablar sobre los peces.

Cristiano le había dicho que si algún niño podía devolverle la confianza, ese niño era Gia, una cría extrovertida y alegre, fascinada por todo lo que había a su alrededor y nada tímida o cobarde. Otro niño llamaría a su papá a gritos, pero Gia parecía absolutamente cómoda.

Sin duda, algún día llevaría el negocio familiar, pero por el momento estaba haciéndose cargo de Lucas, diciéndole a qué quería jugar y exactamente cómo quería hacerlo.

—He traído rotuladores y pinturas de colores, así que podemos dibujar los peces del acuario. Y quiero que me dibujes una casita para mi jardín en casa. Mi papá dice que dibujas edificios.

—No creo que...

—Ah, se me olvidaba decir «por favor» —lo interrumpió la niña—. Por favor, por favor.

–Bueno, está bien. Dibujaremos la casa juntos.

–¿Podemos poner un acuario como el tuyo? Así podré cobrar a la gente por entrar y ver a los peces.

Emma se tapó la boca para disimular una risita, preguntándose si la visión comercial estaría en la genética de los Ferrara.

Le gustaría ver la expresión de Lucas, pero no quería estorbar en un momento tan importante para él. La cuestión era si la confianza de Gia sería suficiente para restaurar la de Lucas.

Para no dejarse llevar por la tentación, Emma se encerró en el cuarto de baño y estuvo una hora relajándose en la bañera, dispuesta a salir de ella al galope si Lucas la llamaba.

Pero no la llamó.

Después de bañarse se secó el pelo y se vistió. No podía seguir escondida por más tiempo y cuando entró en el salón los encontró tomando un helado que habían pedido al servicio de habitaciones. En el suelo, a su lado, había varios folios llenos de dibujos.

Emma enarcó una ceja.

–Parece que lo estáis pasando bien.

–Estamos dibujando –dijo Gia–. Lucas ha pedido helados por teléfono. Lucas me ha dibujado una casa y yo lo he ayudado.

Lucas, Lucas, Lucas. La niña repetía el nombre una y otra vez.

Emma se puso en cuclillas al lado de la niña para mirar los dibujos. Como la mayoría de los arquitectos, Lucas solía usar un programa informático para trabajar... aquel día había tenido que usar lápices, pero el dibujo era muy detallado.

–Está orientada al norte –dijo él–. No había razón

para no hacerla bien. Y es un alivio saber que aún puedo usar un lápiz.

A Emma se le hizo un nudo en la garganta. Lucas Jackson había diseñado edificios emblemáticos, pero había algo enternecedor en la atención que había puesto en ese proyecto. Una sola mirada le dijo que Gia Ferrara iba a tener la casa más bonita que hubiera tenido niña alguna.

La niña terminó su helado y se tumbó sobre la alfombra, absorta con el proyecto, sin entender el significado de aquel encuentro.

–¿Puedo pintarla?

–Claro que sí –respondió Lucas.

–¿Podemos hacer una chimenea?

Él estudió el dibujo.

–¿Cómo no se me había ocurrido antes? Una chimenea quedaría perfecta. ¿Dónde crees que debemos colocarla?

–Aquí –Gia señaló un lado del tejado.

–Buena idea. Si algún día quieres trabajar en mi gabinete, solo tienes que decírmelo.

–Parece que habéis estado muy ocupados –sonriendo, Emma se sentó a su lado–. Un desayuno muy sano, por cierto.

–Un helado no va a hacerle daño, solo es un día. Ademas, acabo de pedir tostadas... Gia, deberías mover la chimenea un poquito a la izquierda.

Mientras lo veía ayudar a la niña, Emma se preguntó si se daría cuenta de lo natural que era con ella. En algún momento había olvidado su angustia y se había concentrado en mantenerla ocupada. Y mostraba tal cariño por ella, tal paciencia.

Cuando llegó el camarero con las tostadas, fue Lucas quien extendió la mantequilla... y luego hizo una puerta y dos ventanas.

–¡Qué bonita! –exclamó Gia–. Es una tostada-casita. Tienes que enseñar a mi papá a hacerlas.

Lucas miró el plato, tragando saliva.

–Ah, se me ha olvidado decir «por favor» otra vez –Gia hizo un puchero–. Por favor, Lucas, no te enfades conmigo.

–No estoy enfadado, cariño –se apresuró a decir él–. Me alegro mucho de que te guste la tostada.

–Es la mejor tostada del mundo. Voy a comerme la chimenea y luego la puerta.

Por encima de la cabeza de la niña, las miradas de Emma y Lucas se encontraron brevemente.

–Gia, no te he presentado a mi amiga Emma. Vas a jugar con ella un rato porque yo tengo que...

–No puedes marcharte –lo interrumpió ella–. La casita no está terminada aún.

–Gia...

La niña metió en su boca un trocito de tostada.

–¿Más?

–No –respondió Lucas, con voz ronca–. No quiero más.

–Has olvidado darme las gracias –dijo la inteligente Gia–. Pero no te preocupes. A mí a veces se me olvida también.

Él respiró profundamente.

–Sí, a veces uno lo olvida.

–No importa –Gia se sentó sobre sus rodillas–. Me gusta jugar contigo. Es divertido y tú no me dices cuándo se me olvida decir «por favor». ¿Vamos a jugar esta tarde otra vez?

Emma se dio cuenta de que Lucas estaba conteniendo el aliento.

–Sí –respondió por fin–. Esta tarde jugaremos un rato. Además, pronto iré a Sicilia para hablar sobre un nuevo hotel con tu padre. Si quieres, podría construirte la casita entonces.

–¡Sí! –exclamó la niña, echándole los brazos al cuello.

Emma se dio la vuelta, fingiendo recoger rotuladores del suelo para disimular su emoción.

Le había hecho una tostada como las que solía hacerle a su hija y había prometido construirle la casita. Era un progreso, ¿no?

Era demasiado pronto para estar segura, pero sabía que la idea de Cristiano había sido un éxito. Le había confiado a su amigo su más preciada posesión y esa confianza podría empujar a Lucas a dar el siguiente paso.

Y también ella tendría que darlo. En cuanto volviese a casa, debía mantener una sincera conversación con su hermana.

Sabiendo que era hora de marcharse, Emma se disculpó y volvió a su habitación para hacer la maleta.

–Ha llegado esto para ti –Lucas estaba en la puerta de su habitación, con un sobre en la mano y los ojos clavados en la maleta–. ¿Te marchas?

–Quiero pasar tiempo con Jamie. ¿Gia se ha ido ya?

–Cristiano acaba de venir a buscarla. Aparentemente, Chiara está bien.

Emma bajó la mirada, temiendo que viera la verdad en sus ojos. A Chiara no le pasaba nada, pero Cristiano sabía que solo esa excusa habría hecho que Lucas se quedase con Gia.

—¿Si te pidiera que te quedases otro día, lo harías? —le preguntó él entonces.

—¿Hay trabajo urgente?

—No, no hay nada urgente. Te pido que te quedes por mí.

Emma cerró los ojos. Sería tan fácil engañarse pensando que sus sentimientos iban a cambiar, pero no se haría eso a sí misma. Ni a él.

—Tengo que irme, Lucas.

—Un día más.

—No puedo.

Los dos se quedaron en silencio, un silencio tenso.

—Es la mejor decisión. Nos vemos en la oficina, después de Navidad. ¿No vas a abrir la carta?

—No es para mí, es para ti. Y no es nada de trabajo.

—¿Para mí?

De espaldas, Emma lo oyó abrir el sobre.

—Es tu carta de renuncia —dijo Lucas—. Pensé que ya habíamos llegado a un acuerdo sobre eso. Sabes que no hay necesidad de que dejes el trabajo.

—No había necesidad la primera vez, pero ahora sí porque estoy enamorada de ti.

Lucas apretó los labios.

—Sobre eso...

—Si vas a decirme que no sé lo que siento, ahórratelo —lo interrumpió ella—. Te he hablado de mi padre, pero nunca te he hablado de mi madre.

—¿Tu madre?

—Mi madre tenía un gran talento para enamorarse de hombres que no la amaban a ella. Se convencía a sí misma de que ellos acabarían amándola. Lo hizo con mi padre y lo hizo también con el padre de Jamie, su jefe. Jamie es hijo del jefe de mi madre –Emma sacudió la cabeza–. Y no la quería.

–Emma...

–No digas una palabra. Tú no sabes cuánto me gustaría creer que puedo seguir trabajando para ti, que lo que siento no es un problema, pero yo sé que no sería así. Tendría que verte todos los días sin decirte lo que siento. Tendría que hablar con otras mujeres por teléfono sabiendo que sales con ellas... no pienso vivir mi vida esperando. No me haré eso a mí misma.

Lucas se acercó a la ventana que daba a la piscina y cuando el silencio se alargó, una pequeña burbuja de esperanza empezó a nacer en su corazón.

Y así era como empezaba todo, pensó. Si se quedaba, siempre sería así, siempre estaría haciéndose ilusiones, buscando significados ocultos en cada palabra, en cada gesto.

Lucas irguió los hombros, esos hombros fuertes y anchos que ella conocía tan bien.

–No será fácil reemplazarte.

Y así, de repente, la esperanza murió. El dolor era tan fuerte, tan agudo, como si le clavara un puñal en el pecho. Se preguntó si su madre habría sentido eso y, si era así, cómo había podido levantarse cada mañana.

–No te preocupes por eso. Fiona Hawkings, que trabaja con John en contabilidad, es la persona que necesitas. Es muy competente y no está ni remotamente interesada en una relación. Iba a ocupar mi sitio durante las vacaciones, de modo que ya sabe lo que tiene que hacer. Y si hubiera algún problema puede llamarme por teléfono.

–¿Ya has buscado a alguien que ocupe tu puesto?

–Si hubiera tenido un accidente alguien tendría que reemplazarme, así que no debes preocuparte.

–¿Y tú? ¿Te parece sensato dejar tu trabajo sin tener otro?

–No es sensato, pero lo sería menos quedarme porque cada día sería más difícil tomar la decisión. No te preocupes por mí, Lucas, encontraré trabajo enseguida. Pero buscaré algo cerca de casa porque quiero pasar más tiempo con Jamie. Y también quiero ir a bailar, conocer gente.

–¿Tu hermana lo aprobará?

–Probablemente no –asintió ella. Y decírselo era algo que temía–. He evitado esa conversación porque me resultaba difícil, pero tengo que hacerlo.

–Hablando de evitar cosas porque son difíciles... ¿fue idea tuya traer a Gia?

Ella negó con la cabeza.

–De Cristiano.

–Ah, claro.

–Crees que nunca te han querido, Lucas, pero te equivocas. Tal vez tu familia no te quiso, pero tienes amigos que te quieren. Cristiano, Laurel, Mal, todos te quieren como si fueras un hermano. Y Gia te adora.

Lucas la miró a los ojos.

–Y tú.

–Yo también, sí. Pero yo no te quiero como un hermano –intentando no pensar en ello, Emma tomó la maleta–. No voy a usar el jet. Ya no trabajo para ti, así que he reservado billete en un vuelo regular.

–Por favor, usa el jet –Lucas parecía enfadado, pero sabía que era porque estaba cambiando de planes sin contar con él. Le gustaba controlarlo todo y que ella se marchase era un problema porque temía que su negocio sufriera.

–Adiós, Lucas –se despidió–. Sé amable con Fiona y contigo mismo.

Y luego, sin mirar atrás, se dirigió a la puerta.

–Mantendré libre tu puesto de trabajo durante un mes, por si cambiases de opinión –dijo él entonces–. En caso de que tu hermana te lo ponga difícil.

–No tienes que hacerlo. Cuando se lo explique, lo entenderá.

Capítulo 9

QUE HAS dejado tu trabajo? —exclamó Angie—.
Dios mío, ¿estás loca?

—No, no estoy loca. Era la decisión más sensata —respondió Emma. Era la única decisión que podía tomar y se aferró a eso ante el tono de censura de su hermana—. No te preocupes, Angie, encontraré otro trabajo. Y, por favor, cálmate o asustarás a Jamie.

—¿Asustar a Jamie? ¿Y yo qué? ¿No crees que yo esté asustada? No gano lo suficiente para que vivamos los tres y ya tengo suficientes responsabilidades.

—No espero que tú te hagas cargo de mí. Ya te he dicho que encontraré otro trabajo. He llamado a un par de personas...

—¿Y por qué no lo hiciste antes de dejar el trabajo? ¿Por qué lo has hecho así, de repente? ¿Qué ha pasado? —su hermana paseaba por la pequeña cocina, pero se detuvo de repente, clavando sus ojos en ella—. Ah, ya lo sé, te has acostado con él, ¿verdad? Te has acostado con tu jefe.

Que Angie lo redujese todo a un sórdido encuentro con su jefe la disgustó más de lo que hubiera podido imaginar.

De repente, le gustaría tener una relación diferente con su hermana, una relación de confianza en la que pudiera expresar sus sentimientos. Pensó entonces en la charla que había tenido con Avery, deseando que fuera así con su hermana. La ironía era que había sido más sincera con Lucas que con ella.

–Encontraré otro trabajo, eso es todo lo que necesitas saber.

Pero Angie no estaba escuchándola.

–¿Te has acostado con tu jefe sabiendo lo que le pasó a mamá?

–Yo no soy mamá, soy diferente.

–¿Por qué eres diferente? No me lo digas: te has enamorado de él y crees que dejando tu puesto podréis mantener una relación. ¿Crees que va a aparecer aquí de repente para pedir que te cases con él? Dios mío, eres igual que ella. Una soñadora.

Emma estaba temblando.

–No lo soy y no es eso lo que espero. No me parezco nada a mamá y no quiero seguir hablando de esto porque no me escuchas.

No quería ni pensar cómo sería su vida sin Lucas. Solo había pasado un día y el dolor era terrible, insoportable.

Pero su hermana siguió:

–Tenías un trabajo estupendo y lo has tirado por la ventana. Pareces haber olvidado tu responsabilidad hacia Jamie. Lucas Jackson no quiere formar una familia, todo el mundo lo sabe.

–Dada su experiencia, no es de extrañar. Y se supone que tú eres mi familia, Angie –le espetó Emma, dolida–. Se supone que me quieres y deseas lo mejor para mí. En lugar de eso, me culpas por todo y solo piensas en ti misma.

Su hermana la miró, perpleja.

–Porque te quiero, por eso estoy tan disgustada.

–No, estás disgustada porque temes el impacto que esto pueda tener en tu vida. Te da igual que yo sea feliz o no. Te da igual que esté enamorada de Lucas y que no volver a verlo me rompa el corazón. Todo eso te da igual.

–¿Estás enamorada de él?

–Sí, pero no te preocupes, yo no soy como mamá. Por eso he dejado el trabajo. Sé que Lucas no me quiere y no voy a quedarme con él esperando que se enamore de mí algún día. No puede amarme porque le rompieron el corazón...

Angie sacudió la cabeza.

–¿Quién?

–Eso da igual. No debería haber dicho nada... –Emma se dio la vuelta para salir de la cocina, pero Angie la abrazó como no lo había hecho antes.

–Lo siento, no sabía que estuvieras enamorada de él. Yo sé lo que sufrió mamá... –su hermana lloraba de tal forma que apenas podía hablar–. Siento mucho lo que estás pasando, de verdad, pero le prometí a mamá que cuidaría de ti y de Jamie, que no dejaría que nada malo os pasara... y siento que he fracasado por completo. No quería hacerte daño, solo quería protegerte.

Enma se dio cuenta de que era cierto, que el peso de la familia había recaído sobre los hombros de su hermana mayor.

–La vida es así, no se puede controlar. Y no has fracasado, al contrario. Has tenido que renunciar a muchas cosas para que pudiéramos ser una familia y no me sorprende que a veces estés enfadada. No serías humana si no lo estuvieras, pero todo eso va a cambiar. Voy a buscar un trabajo cerca de casa para poder cuidar de Jamie y tú podrás volver a la universidad.

–No puedo hacer eso.

–¿Por qué no?

–Porque no. Tengo que trabajar.

–Has permitido que yo hiciera el trabajo que me gusta y ahora es tu turno. La vida no tiene por qué ser un sacrificio continuo, Angie. Tal vez no sea posible tenerlo todo, pero podemos mejorar.

Jamie entró corriendo en la cocina y se detuvo de golpe al verlas abrazadas.

–¿Qué pasa? ¿Por qué lloráis?

–Por nada, por nada –Angie se apartó, secando sus lágrimas disimuladamente–. Solo estábamos abrazándonos como dos hermanas que se quieren.

Jamie miraba de una a otra con gesto de curiosidad y Emma lo abrazó, incluyéndolo en el círculo, agradecida por tener una familia.

–Me alegro de volver a casa. Os he echado de menos –decidida a no llorar, revolvió el pelo de su hermano–. Siento mucho haber tardado tanto.

–Da igual –dijo el niño–. He estado en casa de Sam, que tiene un cachorrito, y he jugado con el *Lego* que me mandó Lucas.

Emma frunció el ceño.

–¿El *Lego* que ha enviado Lucas?

–Es la nave de *La guerra de las galaxias*. Llegó el día que te fuiste a ese país tan raro.

–¿Lucas te ha enviado un *Lego*? ¿Había una nota o algo?

Jamie se dedicó a echar cereales en un cuenco, sin entender la importancia de ese regalo.

–Sí, pero era muy corta. Solo decía que sentía mucho que tú no estuvieras en casa y que podía jugar con el *Lego* hasta que volvieras. ¿Puedo echarme azúcar?

–No –respondieron Angie y Emma a la vez.

–Es un regalo muy generoso –murmuró ella después.

Angie le hizo un gesto de advertencia.

–Un detalle, nada más. No empieces a ver cosas donde no las hay.

–Sí, tienes razón.

Pero durante los días siguientes se dio cuenta de lo difícil que era matar la esperanza. Cada vez que sonaba el teléfono contenía el aliento, pero Lucas no la llamó.

El esfuerzo de sonreír la dejaba agotada cuando por dentro estaba desolada y debía notarse porque Angie se mostraba más cariñosa que nunca. O tal vez su relación había cambiado. Desde luego, hablaban más y Emma la había convencido para que se apuntase a unos cursos de la universidad local.

Dos días después, recibió una llamada de Cristiano Ferrara ofreciéndole un puesto de trabajo.

–Sé que has dejado el gabinete de Lucas –le dijo, su acento siciliano más pronunciado por teléfono– y no quiero que te contrate otro. Puedes trabajar desde tu casa... o encontraremos una oficina para ti, lo que prefieras. Me da igual dónde estés, necesito una persona en Reino Unido.

Emma escuchó mientras le explicaba en qué consistiría su trabajo, con un salario tremendamente generoso. Le gustaría preguntarle por Lucas. Quería saber si estaba bien, si trabajaba demasiado, si había cambiado desde que cuidó de Gia.

Pero no lo hizo porque sabía que no tenía derecho a hacerlo.

Y aceptó el trabajo sin dudar, tal vez porque de ese modo seguiría unida a Lucas.

No, no era eso. Sería una estúpida si no aceptase una oferta tan interesante en el grupo Ferrara.

Especialmente, con el salario que le ofrecía Cristiano.

Acordaron verse después de Año Nuevo y Emma cortó la comunicación preguntándose por qué no se sentía más feliz.

Angie lanzó un grito de alegría cuando le dio la noticia y Jamie se mostró encantado al saber que viviría allí todo el tiempo.

Pero Emma no se imaginaba trabajando para alguien que no fuera Lucas Jackson.

Esa tarde, mientras Jamie y Angie estaban de compras y ella arreglaba un poco la cocina, sonó el timbre.

Y cuando abrió la puerta, vio a Lucas al otro lado, con varios papeles en la mano. Su Lamborghini rojo llamando la atención de los niños del barrio.

–¿Puedo pasar?

Emma lo miraba, boquiabierta, conteniendo el deseo de echarse en sus brazos. Era tan guapo, pensó, mirando el pelo negro que rozaba el cuello de su abrigo de cachemir. Guapo y serio.

–Pensé que estabas en Zubran.

–No, ya no. ¿Vas a dejarme entrar o tenemos que hablar en la puerta?

El corazón de Emma dio un vuelco. Se decía a sí misma que lo que iba a decir no era lo que ella esperaba, que no debía hacerse ilusiones. Sería algo relacionado con el trabajo.

—Puedes entrar, pero no sé si tu coche estará seguro.

—Me da igual el coche —Lucas pasó a su lado, rozándola sin querer, y ella cerró la puerta.

—Has perdido peso.

Emma irguió la barbilla, recordando los consejos de Avery.

—Es la ropa que llevo, me hace más delgada. ¿Qué llevas en la mano? —le preguntó luego—. Si es un contrato, olvídalo. Ya tengo trabajo.

—Lo sé, con Cristiano. Y me alegro mucho.

Emma pensó que el estrecho pasillo de la casa no era el mejor sitio para estar atrapada con un hombre tan alto como Lucas. Quería mantener las distancias, pero no había suficiente espacio.

—¿Tú le pediste que me diera trabajo?

—Yo no puedo decirle a Cristiano Ferrara a quién debe contratar, solo le dije que estabas disponible y él es un hombre muy listo. Sabía que te ofrecería el puesto de inmediato.

Había algo nuevo en él, en sus ojos. Pero Emma no podría decir qué era.

—No has venido a pedirme que vuelva a la oficina.

—No quiero que sigas trabajando para mí. Fiona lo hace muy bien, tenías razón.

—Ah, me alegro —dijo Emma, aunque no era cierto del todo.

—Yo también porque no quiero seguir siendo tu jefe.

Ella lo miró, extrañada.

—¿Por qué no?

—Eres una chica inteligente, así que imagino que debería ser obvio.

Emma se llevó una mano a la garganta. No quería, no podía hacerse ilusiones.

–¿No vas a decir nada? Nunca te habías quedado sin palabras.

–Si no quieres que trabaje para ti... esos papeles que llevas en la mano no serán un contrato.

–No, claro que no –Lucas se los ofreció y Emma vio que eran dibujos de una casa, dibujos hechos por un niño.

–¿Gia ha hecho esto?

–No, los hice yo cuando tenía seis años y vivía en una diminuta habitación con una mujer que no me quería.

Emma se quedó sin aliento.

Su madre. Estaba hablando de su madre.

–¿La dibujaste tú?

–En un habitación con una ventana que daba a una pared. Para bloquear esa imagen soñaba con la casa en la que quería vivir cuando fuese mayor. Me prometí a mí mismo que un día la construiría y, para no olvidarlo, la dibujé. Este es el dibujo.

–Lo guardaste.

–Sí, lo guardé porque no quería olvidar de dónde venía.

Emma tragó saliva, emocionada.

–¿Por qué me lo has traído?

–Porque ya es hora de que construya esa casa –respondió él–. He hecho casas para mucha gente, pero nunca una para mí mismo porque un hogar significaba una familia y me he apartado de eso por razones que tú conoces. Ni siquiera cuando vivía con Vicky construí una casa. Vivíamos en una que ella eligió y que yo pagué, un sitio que no significaba nada para mí.

Pero ahora estoy listo para construir algo especial y lo que quiero saber es... –Lucas vaciló, mirándola a los ojos– si tú querrías vivir conmigo.

Los papeles que Emma tenía en la mano cayeron al suelo.

–¿Yo?

–Sí, tú. Porque una casa solo es un edificio. Es la gente la que lo convierte en un hogar y eso es lo que quiero, un hogar. No tiene que ser exactamente como los dibujos –Lucas se inclinó para tomar los papeles del suelo–. Tú puedes ayudarme a mejorarla. Y Jamie también, seguro. Había pensado construir una casa de invitados para tu hermana, así podrá tener su propia vida, pero seguir siendo parte de la nuestra.

–¿Parte de nuestra vida? –repitió Emma.

Si había tenido miedo antes, en aquel momento estaba aterrorizada. Temía estar imaginando lo que decía o que todo fuera un sueño, cosa de su imaginación. Temía engañarse como se había engañado su madre.

–No entiendo lo que me estás pidiendo. No entiendo lo que dices.

Lucas dejó los papeles sobre una mesita.

–Te estoy pidiendo que te cases conmigo, Emma. Te estoy pidiendo que vivas conmigo para que podamos ser una familia. Y te estoy diciendo que te quiero.

Ella cerró los ojos, incapaz de creerlo.

–Pero tú no puedes amar, es lo único que no puedes hacer. No *quieres* hacerlo.

–He descubierto que estaba equivocado sobre esa parte de mí mismo. Aparentemente, sí puedo amar –Lucas tomó su cara entre las manos–. Te quiero, Emma, y quiero estar contigo para siempre. Puedo construir una casa para nosotros, pero tienes que ayudarme a convertirla en un hogar. Eso es algo que yo no sé hacer, pero tú sí. Nunca había conocido a nadie como tú, tan leal, tan decidida. Esa noche, en el castillo, te dije que te fueras, pero no lo hiciste.

—¿Cómo iba a dejarte? Estaba preocupada por ti.

—Pero yo fui increíblemente grosero contigo.

—Estabas roto de dolor —Emma tocó su cara con los dedos, incapaz de creer que estuviese diciendo que la amaba—. Me quedé porque quise hacerlo.

—Y el año pasado también te quedaste.

—Solo te cubrí con una manta. No sabía qué hacer.

—Cerraste la puerta del despacho para que nadie me viera, me llevaste un café bien fuerte por la mañana y no me pasaste ninguna llamada, sin hacerme preguntas, sin presionarme.

—Porque sabía que no querrías hablar de ello. Y ahora que sé lo que pasó, entiendo lo que sufrías.

—Y ese dolor no desaparecerá nunca —asintió Lucas—, pero pasar tiempo contigo ha hecho que vea las cosas de manera diferente, que me mire a mí mismo de manera diferente. Y luego Cristiano y tú organizasteis ese plan para que tuviese que quedarme con Gia...

—Fue idea de Cristiano. A mí preocupaba que tal vez fuera demasiado, pero él estaba decidido a hacer algo y me hizo prometer que no saldría del dormitorio.

Lucas la miró, con los ojos brillantes.

—Y me dejaste solo con la niña.

—Esperaba que te dieras cuenta de que podías hacerlo y recuperases la confianza. Y así fue.

—Sí, es cierto. Así fue.

—Nunca me has contado qué fue de Vicky. ¿Os divorciasteis?

—En realidad, nunca nos casamos. En cuanto descubrí que estaba embarazada quise casarme con ella, pero Vicky no quería comprometerse.

–¿Por qué?

–No quería que la vieran como una madre, se sentía demasiado joven para eso. Lo único que nos mantenía juntos era Elizabeth y tras su muerte nos separamos. Lo último que he sabido es que vive en Australia, pero no seguimos en contacto.

–Lo siento.

–No lo sientas, es lo mejor para los dos. La nuestra nunca fue una relación de verdad, ese era el problema. Yo me decía a mí mismo que no quería volver a intentarlo, pero esa noche en el castillo... –Lucas bajó la cabeza para rozar sus labios en un beso lleno e ternura–. Pensé que solo había sido una noche, pero no fue así.

–Y yo pensé que eso era lo que tú querías, pero cuando llegamos a Zubran empecé a hacerme preguntas. Tu reacción ante el vestido rojo... pensé que estabas enfadado, pero Avery tenía otra opinión.

Lucas sonrió.

–Avery es muy astuta.

–Fue ella quien me convenció para que lo pasara bien en la fiesta y eso es lo que hice. No imaginaba que ocurriría nada, pero te enfadaste cuando bailé con Carlo...

–Me puse celoso –la corrigió él–. No estoy orgulloso de ello, pero así fue. Al verte con él me di cuenta de que nuestra relación había cambiado para siempre. Nunca había sentido nada así y me daba miedo.

–Yo no tenía intención de enamorarme de mi jefe, pero esa noche decidí que prefería buscar otro trabajo si tenía que hacerlo.

–No puedo creer que hayas sacrificado tanto para ayudar a tu familia –Lucas la apretó contra su corazón–. Cuando pienso en las veces que te he hecho trabajar hasta la madrugada, sin saber que volvías sola a una habitación alquilada...

–Me gustaba trabajar hasta tarde, probablemente porque me encanta estar contigo.

–Soy el peor jefe del mundo.

–No, eso no es verdad. Eres un jefe estupendo.

–Tú trabajas sin parar durante toda la semana y luego vuelves aquí para atender a tu familia, no porque tengas que hacerlo sino porque quieres hacerlo. Nunca he conocido a nadie tan leal –Lucas sacudió la cabeza–. Si quieres que sea sincero, ni siquiera creía que existiera alguien así. Eres muy especial, Emma.

–No soy especial, soy una persona normal. Hay millones como yo en el mundo.

–No, eso no es verdad. Además, la única persona que me interesa eres tú. Y como soy terriblemente egoísta, te quiero solo para mí. Quiero estar unido a ti por un documento legal, quiero que lleves mi anillo de compromiso en el dedo y saber que no me dejarás aunque te vuelva loca.

–Yo no te dejaría nunca –Emma recordó entonces su inestable infancia y pensar eso hizo que lo abrazase con más fuerza–. Tienes muchísimo talento y has construido tantas cosas, pero nunca has tenido una base sólida en tu vida. No debe preocuparte que te deje porque no pienso hacerlo. Nunca te dejaré, te quiero demasiado.

–Lo sé y sé que soy muy afortunado. Eres la persona más leal y cariñosa que conozco –Lucas enterró los dedos en su pelo–. Aceptaste un trabajo en Londres porque de ese modo podías ayudar a tu familia, aunque eso significara no vivir con ellos durante la semana. Nunca había conocido a nadie tan generoso como tú.

–No soy tan altruista –murmuró ella, apoyando la cabeza en su pecho–. Me encanta mi trabajo... o al menos me encantaba estar contigo. Ha sido horrible no verte estos días.

–Ahora podrás verme cuando quieras y no trabajarás para mí. Pero no has respondido a mi pregunta.

–¿Qué pregunta?

–Te he preguntado si querías casarte conmigo y estaría bien que me dieras una respuesta.

Emma sentía como si estuviera en las nubes.

–Pensé que la respuesta era evidente. Ya te he dicho que te quiero, así que la respuesta es sí, por supuesto. Un sí enorme, gigante.

Lucas metió la mano en el bolsillo del abrigo y le mostró una cajita, de la que sacó un precioso solitario de diamantes.

–Te he comprado esto para que no cambies de opinión.

Emma lo miró, boquiabierta.

–Es enorme.

–Quiero que otros hombres vean a distancia que eres mía.

Ella rio mientras se lo ponía en el dedo.

–Seguramente podrían verlo desde Zubran. Es tan... –se sentía abrumada y no por el anillo sino por el sentimiento que había tras él–. Es precioso, pero me da miedo llevar algo tan valioso. Necesitaría un guardaespaldas.

–Me tienes a mí –Lucas levantó su mano para llevársela a los labios–. Voy a construir una casa en la que podrás guardarlo, pero mientras tanto, ¿qué te parecería llevar a toda la familia a Sicilia de vacaciones?

–¿Sicilia?

–Le debo a cierta niña una casita en el jardín. Es un precio pequeño por todo lo que ha hecho por mí –respondió él, con voz ronca, y Emma parpadeó para controlar las lágrimas.

–Me parece que ir a Sicilia sería maravilloso.

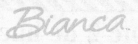

Le bastaba chasquear los dedos para que las mujeres lo obedecieran

Acalorada y exhausta por el bochorno milanés, Caroline Rossi entró en las elegantes oficinas de Giancarlo de Vito y comenzó a sentirse gorda, fea y prácticamente invisible.

La despiadada ambición de Giancarlo lo había llevado hasta donde estaba, pero no había olvidado las penalidades sufridas ni la sed de venganza que solo Caroline podía ayudarlo a apagar. Acostumbrado a que las mujeres se desvivieran por complacerlo, Giancarlo se sintió perplejo al ver que ella se negaba a seguirle el juego. Para lograr vengarse tendría que recurrir a su irresistible encanto…

La verdad de sus caricias

Cathy Williams

Acepte 2 de nuestras mejores novelas de amor GRATIS

¡Y reciba un regalo sorpresa!

Oferta especial de tiempo limitado

Rellene el cupón y envíelo a
Harlequin Reader Service®
3010 Walden Ave.
P.O. Box 1867
Buffalo, N.Y. 14240-1867

¡Sí! Por favor, envíenme 2 novelas de amor de Harlequin (1 Bianca® y 1 Deseo®) gratis, más el regalo sorpresa. Luego remítanme 4 novelas nuevas todos los meses, las cuales recibiré mucho antes de que aparezcan en librerías, y factúrenme al bajo precio de $3,24 cada una, más $0,25 por envío e impuesto de ventas, si corresponde*. Este es el precio total, y es un ahorro de casi el 20% sobre el precio de portada. !Una oferta excelente! Entiendo que el hecho de aceptar estos libros y el regalo no me obliga en forma alguna a la compra de libros adicionales. Y también que puedo devolver cualquier envío y cancelar en cualquier momento. Aún si decido no comprar ningún otro libro de Harlequin, los 2 libros gratis y el regalo sorpresa son míos para siempre.

416 LBN DU7N

Nombre y apellido	(Por favor, letra de molde)
Dirección	Apartamento No.
Ciudad	Estado	Zona postal

Esta oferta se limita a un pedido por hogar y no está disponible para los subscriptores actuales de Deseo® y Bianca®.
*Los términos y precios quedan sujetos a cambios sin aviso previo.
Impuestos de ventas aplican en N.Y.

SPN-03 ©2003 Harlequin Enterprises Limited

Creer en el amor

DAY LECLAIRE

Gabe Moretti llevaba toda la vida intentando conseguir un collar de diamantes que era su único legado. Al reencontrarse con Kat Malloy, prima de su difunta esposa, al fin se le presentó la oportunidad de conseguir su objetivo. Kat le propuso un trato de negocios: fingir un noviazgo a cambio del collar que la madre de Gabe había diseñado. Pero, una vez puesta en marcha la farsa, un beso llevó a otro y Gabe se dio cuenta de que la relación estaba yéndosele de las manos. Además, Kat tenía secretos que él

quería desvelar. Para lograrlo y descubrir la verdad de su poderosa atracción, iba a verse obligado a recurrir a su familia paterna, algo que se había jurado no hacer nunca.

La oportunidad de su vida

¡YA EN TU PUNTO DE VENTA!

Drusilla Bennett estaba dispuesta a recuperar su vida y a irse muy lejos del demonio, quien, por el momento, estaba disfrazado de su jefe. Había reunido el valor para presentar su dimisión.

Hasta ese momento, nada había conseguido tomar por sorpresa a Cayo Vila. Además, la palabra «no» no estaba en su vocabulario. Por eso, la dimisión de la mejor secretaria que había tenido era, sencillamente, inaceptable.

Dru había oído hablar de su implacable atractivo, pero cuando lo dirigió hacia ella, entendió perfectamente por qué era tan difícil negarle algo a Cayo Vila.

Un jefe implacable

Caitlin Crews